夜不語

詭秘檔案704

Dark Fantasy File

恐怖ID

夜不語 著 Kanariya 繪

U0028207

CONTENTS

網路猶如一張鋪天蓋地、沒有盡頭的網！

網中的你，逃得掉嗎？

網際網路自從一九六九年十二月，美國的四所著名的大學透過兩種眾所周知的協議互相聯通之後。這個新興的事物，就以病毒般的速度，在人類社會蔓延開來。

網路是一個真實的世界，跟我們所處的物質世界一樣的真實。

在這個看起來似乎虛擬，但卻無比真實的世界裡，會不會也有病態的腫瘤在隨著它的擴散而蔓延，一如人類世界一般？

其實，直到如今，我也沒有一個清晰的定論。

但不可否認的是，在網際網路中，時時刻刻，都在發生離奇古怪的可怕事件。越來越多的人覺得，網路，或許也在鬧鬼。

鬼這種東西，自然是不存在的。
可網路上那些離奇的事件，又是因為什麼，而滋長蔓延著呢？
誰知道！
網路猶如一張鋪天蓋地、沒有盡頭的網！
或許下一秒，那驚悚無比，甚至致命的故事……
就會落到，你的——
頭上！
到時候，網中的你，還逃得掉嗎？

楔子

人並不總是向前走的，走到一定程度就會開始往回走，就會尋找自己的來路，自己的起點。有的人，對起點的好奇甚至超過了對未來的好奇。

所以，有了考古學！

因為人類有回望的衝動，甚至對個體而言也是一樣的。某種意義上說「我們來自哪兒」不是一個由他者如父母回答的問題，也不是科學如染色體的問題，而單純是一個自我意識的問題。

在這個意義上而言，生命並非始於誕生，而是始於記憶。如果時光可逆，你記憶的盡頭是什麼？

周賈就喜歡思考諸如此類怪異的問題。

他是個狂熱的考古愛好者。不過由於與這傢伙大學所學並不相符，所以他並沒有踏上考古挖掘的道路，而是成為了一家公司普通無比的職員；但是這並不影響他的愛好。

周賈有個愛好，他喜歡在網上購買亂七八糟的考古物品。

網際網路誕生已四十多年，發展到如今，網路購物已經非常方便了。只要打開瀏覽器，真的什麼怪異的東西都能買得到。

不過自從周賈在一家古董網路商店中買了一串據稱是清朝道光年間的檀木珠手鐲後，一切都不同了。

倒不是說那個檀木珠手鐲有什麼問題。你妹的，它還真不是問題。

周賈從快遞員手裡接過貨後，看了幾眼，用非專業的知識辨別了一下，起先還覺得挺滿意。整個手鐲都有時光沉澱的味道，每一粒檀木珠子都彷彿被歷代主人愛護著，肌膚廝磨得令珠子光滑圓潤。

於是得意的他找來自己的一個真的學過古董專業的朋友共同鑑賞。之後發生的事情就不太愉快了。

朋友在珠子內側一個不太顯眼的地方，找到了四個小字。這四個小字確實直接引導出了製造手鐲的時間和地點。

看到那些字的周賈，打了激素般興奮的心，頓時沉了下去。那四個字，挺簡單的——東莞製造！

你妹的，居然買到假貨了，還假得如此明目張膽。大丟面子的周賈發起脾氣，打電話找網路店家理論。

店家也極為理直氣壯：「兄弟，一百多塊錢哪裡買得到檀木珠手鐲，我們店已經在快遞單上標明是仿的了。你不信自己看看快遞單。」

周賈找來快遞單一看，還真的在商品欄上看到了兩個極小極小的「仿製」字樣。這兩個字印成白色，不仔細看根本看不清楚。

周賈更氣了，「你這明顯是詐欺，我要退貨負評。」

「兄弟，我警告你，退貨是不可能的。假如你要負評的話，自己好好掂量掂量。」店家冷哼了兩聲，「我們店是十年老店，一直都是百分之百好評，你想知道為什麼的話，就負評好了。」

「管你為什麼沒有負評。總之，老子這個負評給定了。」周賈歇斯底里的吼道：「現在，馬上，老子就負評給你看。」

說完，他就在購物網站上點了負評。

沒幾秒鐘，周賈的電話就響了。店家聲音非常尖，「你居然給我負評，我警告你，馬上取消。否則……」

「你威脅老子？」周賈也冷笑起來：「老子就是負評，你能怎樣，你來打我啊！」

「我不打你，但你會後悔的。」店家沒有再囉唆，就這麼掛斷了電話。

現在想來，詭異的事情，就是從之後的第三天開始的。

三天後，周賈收到了一個包裹。包裹上寄件人寫得很模糊，當時他也覺得有些奇怪。最近沒有在網上買過東西啊，哪冒出來的包裹？

等他收了包裹，打開一看，整個人嚇了一大跳。

哇靠！這啥情況？

這是反應過來的周賈腦子裡的第一個想法。只見包裹裡藏著一個古怪的東西。說它古怪，它似乎又是個常見的物件。

但是放在這包裹裡，卻絕對的唐突。

因為那是一張照片。最可怕的，那居然是周賈他自己的照片。

一個快遞包裹中，怎麼可能會有自己的照片？而且照片上用黑色的油性筆畫了十排古怪的符號，符號潦草，周賈根本就看不懂。

本以為這只是一個惡作劇，他也沒怎麼理會。照片拿回家後就隨手扔到進門的鞋櫃抽屜裡。

但就是在當晚，他做了一個夢。

他夢見自己走到窗戶前，將窗戶打開，然後跳下去。風扯著他，周賈成了自由落體。沒多久，他甚至能看到樓下一個男子驚訝的轉過腦袋盯著他瞅個不停。

然後，他就驚醒了。

周賈嚇出了一身的冷汗。他腦袋懵了，不知道是怎麼回事。原來是夢，可什麼夢，會那麼真實？

他跳下去的地方既陌生又熟悉，究竟是在哪兒？

第二晚，他又做了跳樓的夢。這一次，他往下跌落了兩層。第二層的住戶是個嘴邊上有一顆黑痣，還算漂亮的人妻。人妻同樣驚訝的看著向下落的他。

第三晚……

第四晚。

每一晚，他都會做跳樓的夢。每過一晚，自己都會多往下掉落一層。周賈從開始的滿不在乎，變得有些歇斯底里。他不知道夢的來源究竟是哪裡，自己又為何會一直一直做著這種夢。

還有，他至今也不清楚，夢中掉落的那棟樓究竟在哪？

絕對不是自己所住的社區。因為這個社區周賈已經住了十多年，街坊鄰居都還見過面。而他夢中所見到的所有臉，都是陌生的。

最令周賈恐懼的是，在夢裡，他看不清楚自己究竟會落到哪裡。既然是樓房，那終究會有最後一層。當夢中的自己掉到一樓時，到底會發生什麼？

就這樣，日子一天一天的過去。周賈也越來越恐懼，他害怕得要命，拚命的尋找那棟夢中的大樓。

就這樣過了九天。

那一日，無心工作，被老總臭罵了一頓險些丟了飯碗的周賈疲倦的回到家。他打開鞋櫃將皮鞋塞進去，無意間，那張奇怪的照片飄了出來。

周賈的視線落在飄飛的照片上，頓時整個人都呆住了。

只見照片中本來面無表情的自己，不知何時露出了陰惻惻的怪異笑容。本來用油性筆寫滿的十排符號，已經消失了九個。

僅僅剩下最後一排了。

這、這是怎麼回事？油性筆很難擦去，也不會揮發。據說寫在紙上，只要紙張不壞，筆跡一百年也不會消失。但是只過了短短的九天時間而已，怎麼會說不見就不見了？

頓時，周賈的額頭上冒出了大滴大滴的冷汗。他害怕了！

最後一排古怪的符號，難道有什麼意義？

周賈感覺到事情有些詭異。難道那個夢，並不是單純的夢，其實和這張照片有某些關聯？否則為什麼做夢做了九天，就有九排符號消失不見？

他連上網路，照著符號拍了一張照片，寄給一家專門辨識古文的網路商店。急件加價後，店主很快就給了周賈答案。

那居然是一種古篆體和金文的混合，也就是常說的鬼畫符。是陽間人寫給陰間人看的文字。

照片剩下的那一行文字，寫的意思很簡單

——最後一晚！

最後一晚？周賈嚇得不輕。難道今晚自己在夢裡，就會摔到那棟樓的一樓？可之後，自己究竟會遭遇什麼？

無論怎麼想，周賈都覺得肯定不會是好事。

他一頭冷汗的拿了一個放大鏡，在那張詭異的照片上找來找去。居然還真被他找到了線索。那張自己都不知道什麼時候照的照片上，隱約有一棟樓。很小！

周賈用放大鏡仔細瞅，總算看清楚了樓頂掛著的名字。

——希捷大廈。

希捷大廈就在自己所住的城市，而且離他住的社區並不算遠。顧不上工作勞累，周賈瘋了似的抓著照片就下了樓。

等他開車來到希捷大廈樓下時，已經很晚了。夜色瀰漫了整個世界。

大廈辦公樓中一片漆黑，悄無聲息。

這棟大廈已有些年紀，只有十層，下邊的四層是辦公室，上邊的六層則是一般公寓。

周賈偷偷的繞過保全，沿著安全梯上樓，一直來到十樓。

十樓什麼也沒有，甚至沒有人住。最裡面的一間屋子門敞開著。風從裡面的窗戶吹出來，將門吹得吱呀作響。

周賈提心吊膽的走過去，往裡邊瞅了一眼。就這一眼，他的心頓時凍結了。

裡邊空蕩蕩的，可是正對面的那扇窗戶，就是那扇窗戶，周賈熟悉得不得了。

每晚！每晚！在他的夢裡，他跳下去的那扇窗戶，正是現在眼前的這一扇。窗戶和他的夢中一模一樣，老舊，綠漆斑駁，甚至還帶著一種莫名的陰森。

周賈恐慌不已。這棟大廈他發誓，自己絕對沒有來過。可是他為什麼會不斷夢到從沒見過的風景？理智告訴他，要逃，必須要儘快逃走。

可是，或許，他已經逃不掉了！

不知何時，背後傳來了一陣關門聲。

周賈驚訝的轉過頭去，他瞪大了眼。明明前一秒，他都還在這扇門之外，可什麼時候，自己已經進到房間裡了？

而且門也被牢牢鎖死，任憑他怎麼撞都撞不開。

周賈揉了揉撞痛的肩膀，視線不停的在房間裡打量著。這個空蕩蕩的房間中確實什麼也沒有，就連窗戶都只有一扇，不知閒置了多久。

就在他想要找東西撬開房門時，突然，一陣地動山搖。房間居然猛烈的搖晃了起來。

「怎、怎麼回事？」周賈連忙用手抓住門把，儘量穩住身體。

可事情顯然在惡化，令他更恐懼絕望，更超出常識的事情發生了。

整個房間，居然翻轉了九十度，就如同有一隻無形的巨大無比的手，將整棟樓拔了起來，想要像倒豆子一般，把他從窗戶中倒出去。

周賈拚命的抓著門把，可只是普通小職員，沒怎麼鍛鍊過的他堅持了一會兒，終於堅持不住了。在又一次猛烈的抖動中，他整個人都落到了窗戶前，掉到了窗戶之外。

他，又一次下落了。

一直往下落。

落到第九層。他看到一個男人驚訝的看著他。

落到第八層，他看到了一個嘴邊有一顆痣的人妻驚恐的看著墜落的他。

第七層……

第六層……

他一直往下落，然後狠狠的摔在一樓，摔得腦汁四濺。

在意識的最後一刻，周賈似乎看到了一些他根本無法理解的東西。他的眼珠子看到大樓外牆上掛著一個挺熟悉的網路公司名字。

就是那間公司。他就是在那間網路公司，買了檀木珠手鐲。

周賈想起了網路公司老闆的警告——「我們店是十年老店，一直都是百分之百好評。你想知道為什麼的話，就負評好了。」

現在，周賈總算知道，那家網店，為什麼沒有負評了！

□

幾天之後，當地報紙刊載了這麼一篇小新聞。一個獨居男子，於午夜時在希捷大廈跳樓自殺，他死前，手裡牢牢的拽著自己的照片……

最怪異的是，經法醫解剖，男子的大腦在摔到地面前，似乎就已經受到了嚴重傷害，腦汁甚至變成了攪過的豆花。

這男子並不是摔死的！

事情似乎就隨著新聞一般，埋沒在鋪天蓋地的數字訊息當中，再也濺不出一絲水花！

第一章 恐怖的秒殺

「其實，歡笑和恐懼的本質都是一樣的，它們源於人類同樣的生理機制。那便是，驚訝。」我用手敲了敲桌子，說了這麼一句話。

屁股下方的沙發很不舒服，軟硬度也不好。看標簽，商標名十分花俏，應該是網購來的。面前的一對夫妻，就是兩個網購狂人。似乎這間房子裡的一切家具都是網購來的。

包括我腦袋前面的那台破電腦。

超高智商的六歲小蘿莉妞妞坐在這對夫妻的電腦前，雙手以我基本上感覺眼花繚亂的速度在搜索著硬碟中的一切。而超級路癡游雨靈，正開心的坐在我旁邊，吃著這對夫妻網購回來的零食。

一切都很愜意，除了我對面侷促不安，明顯嚇壞了的那對夫妻。

「你們感覺到恐怖，又或者快樂。其實都不是你們真正的情緒。就如同一台電腦，根本不可能真正的嚇唬又或者威脅你們一樣！」我對這對夫妻說了這麼一番話。

不過這番話，對早就被嚇破膽的兩人而言，根本就沒有任何用處。

看到這裡，大概會令人糊塗，對吧？那麼就照例來個自我介紹。

我，叫做夜不語。一個有著古怪名字的男生，經常遇到詭異莫名、甚至有著生命危險的怪事。至今，自己仍舊一隻腳踏在鬼門關上，抱著有可能隨時會死掉的危險，漫無目的解決著離奇的事件。

坐在我前面，看起來挺乖巧可愛的小蘿莉，叫做時悅心，六歲。智商極高。也是經歷了一系列恐怖事件後，最終父母失蹤、阿姨死去。於心不忍的我，將她拉進楊俊飛的偵探事務所中。

本來是想就近照顧的，沒想到這小蘿莉居然是個深藏不露、自稱世界有名的駭客。剛好這次老男人楊俊飛硬塞給我的任務和電腦網路有關，我本人又不擅長電腦，於是那個混蛋就將小蘿莉一併打包到我手中。

那傢伙，絕對不喜歡小孩。

至於自己屁股右邊的游雨靈，這位自稱是傳承了幾千年、有著正統道士血統的死路癡女，一聽到有人的電腦鬧鬼，立刻饒有興趣，死皮賴臉的也跟來了。女道士說自己什麼怪事都見過，就是沒見過電子產品也鬧鬼的。

不錯。你沒有聽錯。這間房子中的這對網購狂夫妻，不知怎麼聯絡到楊俊飛的偵探社，聲稱自己的電腦在鬧鬼。

周市的春天來得很晚，已經是四月初了，天氣依然很陰冷。一如這個看起來溫暖，實際上卻不知道哪裡在亂竄著刺骨陰風的房間一樣。

我是昨天夜裡搭乘多倫多的飛機轉機兩次，才到達周市的。這個位於西南平原的小城市有一個小機場，城市的人口並不多。早晨來到這兩口子所住的社區時，才發現這個社區有三十年的歷史。

房子雖然老舊，巷裡巷外卻充斥著人情味。

在這個鄰里關係冰冷的世界中，如此有人情味的地方，已經不多見了。

小倆口都是一九九〇後出生的，男人叫周立群，二十六歲。妻子的名字也很普通，叫做陸芳。就是長相稍顯刻薄，嘴唇邊有一顆媒婆痣，痣上還長著一根毛，看起來很有些噁心。

這兩個人的姓名換到任何城市都是一抓一大把，連性格，也尋常得緊。實在看不出來，究竟會有什麼鬼腦袋秀逗了，直纏著這兩個人不放。

如果我是鬼的話，恐怕也不會糾纏一如遊戲中無名 NPC 般的兩個人吧？

雖然自己不是一個以貌取人的傢伙，但是這兩人的普通，真的是令我在心底不得不默默地吐槽。

「你們什麼時候發現自己的電腦開始鬧鬼的？」我揉了揉太陽穴。老男人楊俊飛，還真是喜歡丟爛攤子給我。

丈夫周立群摸著腦袋：「就是最近，最近不是許多網路購物公司喜歡搞促銷嘛，我們買了許多東西回家，之後，就覺得不太對勁了。」

「覺得哪裡不對勁？」我之前就跟他們交流過一會兒，這對夫妻跟我的年齡差距不大，但是代溝很大。不過只要一談到網購，就如同一把濕花椒扔進熱油鍋，頓時來了精神。而且會嚴重偏題！

妻子陸芳接口道：「哪裡都不對勁兒，特別是這台電腦！」

她指著小蘿莉手裡的電腦，「電腦裡總是會彈一些莫名其妙的怪東西出來。」

「中毒了？」我皺眉。

妞妞轉過腦袋，衝我用力搖了搖，「這台電腦沒有中毒，也沒有被植入木馬，甚至乾淨得有些異常。妞妞我查過他們的瀏覽紀錄，這對叔叔阿姨什麼亂七八糟的購物網站都敢上，到現在居然一丁點中毒的跡象都沒有，運氣簡直好到爆炸。」

「也就是說電腦沒問題？」我的視線又轉向小夫妻倆，「你看，根本是你們自己在嚇唬自己吧！這個世界哪有什麼鬼，況且真有鬼，也不會跑電腦裡特意嚇唬整你們。根本不值得嘛。」

一臉心緒不安的丈夫周立群突然不滿起來，「兄弟，你叫夜不語是吧？你從進門開始就一直嘮叨的說世上沒有鬼，然後拐彎抹角的暗示我和我妻子心理有問題。你是有病吧？我跟你們公司申請的是網路驅鬼師！」

他瞪著我們三人，「可你們公司派來的到底是什麼怪人來著？一個無神論者白癡，一個只知道吃我家零食的愛吃鬼，一個自稱高級駭客的六歲小女孩。你妹的，來耍我們的，是吧？特別是你，也沒聽我們講完，張口閉口就覺得我和我老婆精神分裂，你才有病。滾回你們公司去，我要道士，真正會驅鬼幫我們的道士！」

我被劈頭罵了一陣，腦袋都有些懵了。

游雨靈放下手裡的薯片袋子，指著自己的臉，「我就是道士啊。雖然鬼我這輩子真沒見過，但是我貨真價實。道統都傳承上千年了！」

「滾！」男主人咬牙切齒，趕蒼蠅一般，就將我們三人朝外邊趕，「老子預付的訂金不要了，你們三個全都給我滾出去。」

我滿頭的黑線，該死的老男人，該死的楊俊飛，那混蛋將案子塞給我的時候，壓根兒就沒有提過這次我們扮演的居然是網路驅鬼師。難怪他異常爽快的就答應了來路不明的秀逗路癡女道士的入夥請求，原來是看中了她所謂的道士身分。

鬼，我是不相信有的。特別是怎麼可能會有鬼跑進電腦裡。如果這世界上真有鬼的話，根據質量守恆定律，應該也是一種精神層面上的存在。而電腦是虛擬的數據，是1和0的排列組合。怎麼想，都八竿子打不到一塊兒去！

可是，或許我的想法錯了。

就在我們三人被憤怒的兩夫妻推出門，一隻腳跨過門檻，丈夫就要關門的一瞬間。剛剛妞妞還忙碌了好一陣的電腦，突然彈出一個視窗，一張照片赫然顯示在視窗的正中央。

那是，一張房間的照片。一個我很熟悉的房間，根本不需要思考，我就發現照片中的房間和這對夫妻的客廳一模一樣。雖然兩者之間差了些家具和物品，但確確實實就是同一個地方。

「出現了！」陸芳嚇得癱軟在地上。

丈夫周立群也嚇得不輕，他再也顧不得趕我們，立刻跑過去試圖將電腦關上。可是嘗試了好幾次關機，甚至按下電源鍵，都沒有任何效果。

小蘿莉妞妞眼睛都亮了起來，「哇靠！妞妞已經查過了那台電腦絕對沒有任何後門、木馬和病毒。可是偏偏有人透過網路控制了電腦中的一些協定，甚至臨時佔領了電腦硬體，讓軟硬關機都沒辦法完成……」

「小孩子家家不准說髒話。」我在她小腦袋上用力敲了一下，重新走進門，幾步來到電腦前。自己仔細的看著螢幕上的網頁。

網頁的內容，是一個購物網站。網站中正在進行某樣東西的秒殺。根據網頁底下的簡介，秒殺的物件，就在房間照片中，打了一個紅色圓圈的位置上。

我皺了皺眉。照片中亂七八糟的畫著許多的叉，而被打圈的，是這對夫妻的沙發。同樣是網購來的，款式簡單，似乎也不貴。

照片的下方，一個藍色的框中，一串數字正在倒數計時。網站說明上有提到，限時五分鐘，在最後一秒購買的人，就能夠搶到物品。而價格，卻是幾個問號。

「秒殺?什麼東西啊?」自稱新時代的女道士,但路癡女游雨靈卻對電腦一竅不通。她好奇的用腦袋把我的頭從螢幕前擠開,看了一眼螢幕後,頓時愣住了。

小蘿莉橫了她一眼,「游雨靈姐姐,妳從來沒有網購過?」

「沒有?」游雨靈撓了撓頭,「師父都沒教過我。」

「那還真虧妳上次能追蹤到夜哥的 GPS 訊號咧。」妞妞撇嘴,解釋道:「所謂秒殺,是購物網站的一種噱頭。它們會用一個極其誘人的價格為一樣商品定價,然後在有限的機會裡,誰出手最快,誰就可以以網站標出的價格買到那件物品。所以,許多喜歡購物又撿便宜的人根本就無法抵抗這種誘惑。」

路癡女道士眨巴著眼睛,「所以,現在有人在電腦的另一端,準備秒殺這張……沙發?」

她轉身指著照片中對應的沙發說。

妞妞點了點腦袋:「應該是這樣,但是妞妞我實在想不明白。網站都是以營利為目的,怎麼會有如此白癡的人弄出這樣的事情出來。拍賣別人家的沙發,有任何意義嗎?真的會有人買?」

「會有人買。」一直都在想盡辦法關電腦的丈夫周立群最後放棄了,嘆氣道:「你看那張照片,本來我們客廳裡的家具曾經和照片裡一樣的多。可是現在,你們再仔細看看我們的客廳。」

其實他不說，我也早已經發現了。

照片和現實的客廳中，差了許多的家具。現在的客廳以網購狂主人的性格而言，算是空蕩蕩的，只有一個擺著未拆封包裹的簡易櫃子、沙發和電腦桌而已。但是照片裡的客廳，卻塞滿了許多亂七八糟的家具。

「所以說，東西都到哪去了？」小蘿莉抬頭問。

周立群苦笑，「妳以為呢？」

「難道都被秒殺了？你腦袋秀逗啊？一個莫名其妙的網站秒殺你們家的東西，你就真的將東西給他們？」游雨靈不解道。

我沒有吭聲，直覺的感到事情恐怕沒那麼簡單。

果然，周立群的下一句話證實了我的預感，他一臉複雜的嘆了口氣：「我怎麼可能那麼做。但是……哎，等一下你們就知道了。等一下你們就會明白，我為什麼會覺得電腦在鬧鬼，為什麼非得要請網路驅鬼師了！」

他一眨不眨的看著電腦螢幕下方藍框裡的時間，「還剩一分五十秒……」

時間一點一滴的過去，我們三人也被他的情緒感染，隨著時間的消逝而越發緊張起來。網頁中秒殺的時間終於跳到了00：00：00的數字。

就在這一瞬間，驚人的事情發生了。

沙發！

剛剛還好好地在我們所有人身後的沙發，就在我們的眼皮子底下……

突然，消失了！

這！這算怎麼回事？

我、妞妞甚至是游雨靈，都大吃一驚，呆呆的站在原地，一動也不敢動。那具簡易的折疊沙發雖然簡陋，但足足也有幾十公斤，怎麼可能說不見就不見？魔術也不是這麼變的，好吧！

等好不容易反應過來，我連忙跑到沙發消失的位置，趴在地上用力敲了敲。地面很髒，沙發的底部本就是所有家庭的清潔死角，容易堆積灰塵和骯髒的物質。被我用力一敲，許多灰塵都揚了起來。

地面是實心的。

我皺著眉頭毫不理會，反而用手抓了一團噁心的塵兔拿起來仔細的瞅來瞅去。

妞妞頓時覺得很噁心，「夜哥，好髒啊。」

「髒是髒了一點，不過從這團塵兔上，倒是能看出許多東西來。」我將塵兔隨手丟開，拍了拍手上的灰，不由得陷入沉思中。

所謂的塵兔，是沙發和床底下只要是打掃就一定會清出來的一大團的毛絮物質。主要由毛髮、棉絮、死皮、蜘蛛網、灰塵和一些重量較輕的垃圾和碎屑構成。

它們在靜電作用下形成了類似毛氈的結構。毛團裡會有塵蟎或其他寄生蟲，會堵在灰塵過濾網上降低通風效率，毛團的形成往往始於一個大顆粒四處運動。

這對夫妻的沙發底下形成的毛團，從內容物判斷，至少也有四年了。也就是說，這四年來，折疊沙發從來沒有移動過。

如果真是有人在變魔術，或者設計了某些機關的話。沙發絕對需要事先被移動和佈置。但是塵兔暴露了許多訊息。至少能幫助我判斷，眼前突然消失的沙發，是真的消失不見了，而不是被機關拉入了地板下的底部空間裡，又或者其他可以藏納的地方。

沙發的消失，我無法解釋，似乎涉及到了空間的置換原理。

整件事情，突然朝著有某種超自然力量涉入的狀況發展了。

「你們住在這裡幾年了？」我抬頭問。

周立群和陸芳驚魂未定的原地坐下，過了好一會兒，身為丈夫的周立群才回答我，「四年多了。」

「怪事是最近才發生的？」我又問。

剛開始楊俊飛要我過來接手這個案子時，自己還覺得很無奈，直到親眼看見那個折疊沙發在眼皮子底下消失不見，自己才真的認真起來。

但是電腦鬧鬼，然後將這對夫妻家的沙發和之前的許多家具拍賣出去，又用某種我無法理解的手段將被秒殺的家具瞬間移動走，這實在超越了我的基本常識。

有什麼能量，能夠打破空間壁壘，讓這些消失的家具瞬間移走呢？

依據能量守恆定律，如果真的有人或者某個力量能夠依據科學原理做到的話。他們沒有靠這一發明拿到諾貝爾獎，反而跑來周立群和陸芳這對小夫妻家來惡整，弄些無關緊要的家具走人。簡直是本末倒置，浪費能量和技術，是極度的虧本買賣。

還是說，這其中有我不清楚的緣由？值得某些人，那樣做？

我甩了甩腦袋，將這一連串的疑惑甩開，再次打量起自己身處的空間來。整體來說，這是一個兩房兩廳的小房子，不大，只有二十幾坪。房間是T形結構，還算合理。

一進門就是客廳。

客廳的擺放很亂，不過從生活的痕跡來看，這種混亂感也是最近才有的。客廳的牆壁上有許多擺過架子的壓痕，痕跡很深，只是那些曾經靠牆擺放的架子，已經不見了。只剩最後一個，孤零零的豎立在牆壁中央。

這讓我對小夫妻的某些話，開始感到懷疑。

「你們曾經說，你們是上班族？」我瞇著眼睛問。

電腦螢幕上那個秒殺網頁不知道何時已經消失不見了，一如它出現時那麼的突然。小蘿莉妞妞正坐在電腦前，努力的搜索著網頁來源。不過從她皺著的小眉頭看，似乎遇到了極為強勁的對手。

已經稍微冷靜了些的周立群和陸芳，支支吾吾的回答道：「是，我們都是上班族。」

「在哪裡上班？」我又問。

陸芳有些氣惱，「這些都不重要啦，我們找你們來是要你們驅鬼，讓我們的生活恢復正常，不是讓你們來把我們當犯人審問的。」

我冷哼了一聲，「如果真的想要回到從前的平靜生活，那就老老實實的把正確的資訊告訴我。從客廳的擺設上看，房間裡曾經放滿了許多的包裹。從架子的間隔看，那些包裹應該有整齊的包裝著，並沒有被胡亂拆開。這是怎麼回事？作為網購狂人，不應該拒絕拆包的樂趣才對。你們，究竟在隱瞞什麼？」

「我都說了，老娘不是請人來審問我們的……」陸芳的氣惱開始朝氣急敗壞發展。

就在這時，正在房間裡走來走去亂竄的游雨靈猛地驚呼了一聲。

她站在客廳旁的房間門前，臉色顯得有些恐懼，也有些複雜。

我連忙走過去一看，頓時也倒抽了一口涼氣。這房間應該是他們夫妻的臥室，可是這間臥室佈置得實在是太古怪了。簡直是集所有壞風水的大全。

還沒等我開口吐槽，游雨靈已經說話了。

「這、這算什麼玩意兒啊？你們在召喚惡靈，還是準備舉辦某種可怕邪惡的儀式？你們自己看看自己的寢室，進門居然就是鞋櫃，而且鞋櫃朝著床放，在風水上視為大凶！」

「再看看你們的床。床腳正對著門，床頭正對窗戶，風水上視為血光！又是大凶。

還有那個衣櫃！」游雨靈覺得自己要瘋了，「寢室本來是白色的簡約色調，可衣櫃居然是黑色的。黑色就黑色吧，居然還是復古樣式。」

秀逗女道士指著對面的黑色衣櫃。衣櫃大約兩公尺高，寬一點四公尺，猶如一口豎立的棺材，站在床頭左側。哪怕是不迷信的人，看到了都會覺得心慌。

「我老公喜歡復古的東西……」陸芳虛弱的說。

「復古你個大頭鬼，你們怎麼不乾脆買一口真棺材擺著。那樣風水至少還會好一點！說實話，你們膽子可真夠大的，居然能每晚都在這張床上睡。睡得著嗎？」游雨靈吐槽道。

老公周立群撓撓頭，「確實有時候會嚴重失眠。」

「失眠！失眠就對了。你們能活到現在，簡直是僥倖！」路癡女道士怒道。

周立群和陸芳被游雨靈說得發愣，侷促不安的問：「我們家最近發生的事，難道和寢室的風水有關？」

「這個，這個……」游雨靈剛想說什麼，就被我一把扯到了背後。

我義正辭嚴、斬釘截鐵的點頭，張口就說瞎話，「當然，肯定和糟糕透頂的壞風水有關。你們每天都睡在鬼門關上，隨時都會死掉。」

「真、真的？」兩人被我的話嚇到了。

我再次用力點頭。

信以為真的夫妻倆臉色很不好看，互相打著眼色。

而游雨靈憋紅了臉的將我扯到一邊，低聲道：「他們寢室裡的擺設至少已經四年了，一直都沒發生怪事，怎麼可能最近突然就惡化了。這件事明明就和壞風水沒啥關係。」

我「噓」了一聲，示意她別再說下去，「這兩個傢伙明顯有什麼事情瞞著我們。如果不讓他們相信我們是網路驅鬼師的話，他們絕對打死都不會說真話。」

「可剛才你還囉唆著早點搞定收工，回學校去寫論文來著。怎麼突然就對他們的事情積極起來？你這個人還真是矛盾。」游雨靈小聲嘀咕著。

我瞪了她一眼，「因為我突然感興趣了。」一台破電腦，一個莫名其妙彈出的網頁視窗，一種胡鬧般的秒殺拍賣。居然能真的將一對夫妻客廳裡的家具，一樣一樣的弄消失。怎麼想，都有些不正常。裡面肯定隱藏著某些可怕的東西。」

「壞人，你是壞人！」游雨靈不知道該說我什麼好，只得聳了聳肩膀，「算了，總之本美人道士也覺得很有趣。說不定真的能從電腦裡抓出一隻鬼來咧。」

「算了吧，就妳這冒牌道士還真以為世上有鬼。妳這輩子見過鬼沒有？」我撇撇嘴。

「我家的道統可是延續了上千年，有族譜作證哦！」游雨靈氣惱道：「雖然我和我祖先真的沒抓到過一隻鬼，但我一直都有在努力，以抓住真鬼為目標！」

「切！」我搖著腦袋，沒再理會她。

他們夫妻倆似乎在商量著什麼，互相眉來眼去了好一陣子，這才神色複雜的走了過來。

「夜不語先生，我們談談吧。」丈夫周立群嘆了口氣。

我找了兩把折疊椅，坐了一把後，伸手指了指對面的椅子：「談什麼？」

丈夫周立群坐了下去，撓撓腦袋，「就聊一聊我和我妻子身上發生的事情吧。」

我點點頭，「首先，我要聲明一點。我們是可以幫助你們的，但是我需要聽真話。如果訊息有誤的話，會讓我們的調查陷入岔道，從而無法真的幫上忙。」

「知道了，我發誓，我說的話會比我的內褲還純真。」周立群一臉不安：「你說，最近遇到的事，真的有可能是風水的原因？」

「很有可能。」我不動聲色，極為沉穩的回答。心裡卻不由得再次吐槽起來，這兩個看起來正正常常的小夫妻，居然因為游雨靈的幾句風水很差的話，就全盤接受了。這種迷信，對普通人而言，影響真是夠大。

不過，倒是也省了我一番說詞。

周立群蹺著二郎腿，似乎在思索回憶著。他蹺起的那隻腿一直抖個不停，示意著他內心的焦躁不安和恐慌。

「一切，都要從兩週前說起……」

過了許久，他才吐出了這句話來。

第二章　恐怖的手機

周立群和陸芳這對夫妻，確實不是什麼上班族，不過他們有工作，只是工作的內容有些特殊。這兩人，是足不出戶的宅男宅女，職業搶購師。

所謂的搶購師，這類職業或許很多人都不熟悉。

在如今這個網路發達，網購簡單方便的環境中。各類購物網站如雨後春筍，為了衝銷量和增加註冊用戶，每個網站都會定期舉行閃購和秒殺活動。

用戶能以便宜的價格買到活動物品，但由於每次活動的商品都是有限的，手快有手慢無，所以對這類活動，很能增加用戶的黏著度。畢竟作為秒殺活動的物品，通常都是搶手的玩意兒。

也由於物美價廉的價差原因，所以職業搶購師應運而生。

從事這類職業的人，基本上是二十四小時輪班工作。利用特殊的軟體，對各個網站的閃購以及秒殺商品進行狙擊。

周立群和陸芳這對夫妻搭檔，一個值夜班一個值白天。以低廉的價格搶購成功後，轉手就以正常價格的百分之九十賣出。

所以我才在他們的房間裡看到牆上留有許多鋼架的痕跡，上邊曾經擺放著大量未拆封的包裹，那些全都是他們靠著軟體搶來的網購商品。

本來他們做這行做得風生水起，不亦樂乎，月入不菲。可是突然有一天，事情就開始不對勁了。

這一切，都要從兩個禮拜前說起。

那天，一家新開業的手機網路商店為了促銷，準備以搶購的形式以一元拍賣一百部剛剛發售的手機。那款手機喜歡搞饑餓行銷，所以在粉絲中一直很搶手。由於首發不久，市面上也沒有多少貨。

對周立群夫妻而言，這簡直是天賜的買賣。

他們不眠不休，不斷用軟體刷網頁，終於靠著技術在無數職業搶購師的手裡咬下了一塊肉，搶下了一支手機。

以一元搶到的手機很快就在活動結束後送到他們手上。兩人都很激動，可就因為突然一個決定，將他們的生活，硬生生打入了地獄。

妻子陸芳是那款手機的忠實粉絲，所以她拿到手機後並不準備轉賣，而打算自用。拆包裝的過程很正常，新手機速度快，使用流暢。似乎什麼都挺不錯的。之後她就將新手機扔到一邊，繼續工作去了。

下午陸芳的侄兒跑來找他們玩，夫妻倆就用新手機在屋子裡照了幾張相，然後帶侄兒到社區裡去耍了耍，照了些相片。

等到晚上想起來隨手點開照片庫，看照片時。陸芳和周立群突然發現了一件怪可怕的事情。

新手機內的照片庫，並不是空空蕩蕩的。不只有下午拍的屋子和侄兒的相片，似乎還有別的照片。

這！這怎麼可能！

新手機裡，怎麼會有別人的照片？

周立群和陸芳兩人面面相覷，都覺得有些不可思議。照片庫的最後一張，是一個黑漆漆的背影，看不出是男是女。背景是一間漆黑的密閉房間，那人背對著相機，只留下一個輪廓。

除了那輪廓，照片中就沒有再留下任何的訊息了。

「我們不會買到舊手機了吧？」丈夫周立群吐槽道：「該死的爛網站，想搞人氣活動又捨不得多花錢，弄了些二手手機充數。」

對於搶購師而言，網路的各種行銷手法他們都經歷過。拿二手手機充新機的事情，經常會遇到。

「不可能。」妻子陸芳用力搖了搖腦袋，「手機的換代，一般要經歷十個月。可這部手機才發售幾天而已，怎麼可能那麼快便有二手手機跑到市場上來？難道這是一部工程機？」

手機作為一種高科技產品，在一部機型進入市場前，需要經過企劃、研發設計、全面測試等諸多環節。在這整個過程中，廠商會做一些成品、半成品的機型，統稱為「工程機」。

一些無良的手機廠商有時候也會將工程機充當新機賣出來。

小倆口猜測了一陣子後，也沒太在意，就將那張看起來怪異，讓人全身心都不舒服的照片刪除後，把事情扔在腦後。

可是可怕的事情，才剛剛開始而已。

兩天後，又一張照片唐突的出現在陸芳的手機照片庫中。這一次，是一張合約的照片。

合約有厚厚的好幾十頁，每一頁都模糊不清。它被放在一張破舊的桌子上。桌子下邊堆滿了灰塵，顯得很骯髒，而照片的右下角有雙破爛的鞋子。

這張照片，同樣只需要看一眼，就令人極為不舒服，彷彿心臟都被捏住了般，喘不過氣。

陸芳嚇了一大跳，驚慌的將手機遞給丈夫看。周立群也有些毛骨悚然起來。

「這張照片，哪裡來的？妳從網路上下載的？」他皺著眉，吃力的問：「今天可不是愚人節啊。」

「我怎麼可能下載這麼無聊的圖片。何況，你看，它直接出現在我的照片圖庫中。

如果是截圖或者下載圖的話，應該出現在別的文件夾才對。」作為職業搶購師，陸芳對此可是清楚得很。

周立群扣了扣腦袋：「這張照片真的是突然出現的？」

陸芳用力點頭，「真的，是真的，比鈔票還真。十分鐘前我幫一件準備發貨的商品照相時，這張照片都還沒有出現。之後我就突然看到它了！」

「有這麼怪？」周立群將照片傳到電腦上，查看創建時間。

利用專業軟體沒多久一串數字立刻顯示了出來。照片的真實照相時間，是十分鐘前。也就意味著，照片剛照出來，就出現在自己妻子的手機裡。這根本不可能！

「這是安卓系統，又不是蘋果的 ios，妳也沒有開啟雲端備份啊。」周立群百思不得其解，「難道是這手機裡有後門程式？」

陸芳有些害怕，「那怎麼辦？」

「把手機的網路關掉，過一天先看看情況吧。」丈夫最終提了一個折衷的辦法。

畢竟這件事，說大不大說小不小，如果是真有後門程式，恢復出廠設定就搞定了。

可沒想到，他的這個意見，卻令事情朝更加糟糕的狀況，惡化了起來！

當晚，沒有連上網的手機中，唐突的出現了其他的照片……

那張照片上沒有人，只是一張血液檢查圖。檢查圖上有許多數據，而兩人完全看不懂。但是這件事卻實實在在的將小倆口嚇到了。

「太怪了，我明明都關掉網路了。如果真的是透過雲端儲存出現的照片，怎麼可能在沒有網路的情況下同步出來？」妻子陸芳大驚失色，「要不，我們把這支手機賣掉吧。總覺得這手機有些怪異。」

丈夫周立群想不出個所以然來，他也有些害怕，於是便點了頭，準備將手機放到網上賣掉。

講到這裡，我不客氣的打斷了兩人的故事。

「請等一下。」我眯著眼睛，「那些圖片，你們有保存嗎？讓我看看。」

周立群看了妻子一眼，那個長相刻薄的女人極不情願的走到雜物間，拿了一支手機出來。

這是一支極為普通的白色安卓手機，做工還算不錯。確實是某個品牌的最新產品。陸芳打開方才提過的三張照片。

「看來過了兩個禮拜，都沒讓你們把手機賣掉。嘿，更有趣了。」我仔細研究起來那三張照片。

照片跟夫妻倆描述的基本上沒有任何差別。只是最後一張，我看了很久。那張血液檢查單顯得有些普通，可是裡邊的幾個數值，卻不知為何，令我毛骨悚然。

陰沉著臉，我什麼也沒有說，也沒有擅自往下翻照片，而是將手機還給了陸芳後，安靜的等他們繼續講自己的遭遇。

「手機沒有賣出去，一直都賣不出去。」果然，兩人接下來的第一句話，就是關於那支可怕的手機。

將手機放上各大購物網站一整天後，居然一則想要購買的簡訊都沒收到。這讓夫妻倆很驚訝。搶手的新款手機，又比市價便宜。按照經驗，應該在上架幾分鐘後便能賣出。

這世界究竟是怎麼了？難道所有人都不愛貪小便宜了？

兩夫妻仔細檢查了網頁後，最後發現了一個讓他們驚悚無比的事實。賣手機的那頁網頁的點擊量是零。

不只那個網站，其他十多家購物網站上，只要是那支詭異手機的頁面，點擊量都是零。

周立群的臉黑成了炭灰，他緊張的用軟體將所有網站都檢查了一遍。自己家的網路沒有問題，購物網站也沒有問題。出問題的只有那支手機的頁面。

彷彿有一道無形的牆，將購物者和待售手機的網頁隔開了。明明就在同一個頁面上，上一項和下一項的商品都有不少瀏覽量，偏偏就這支手機的連結被人忽略了。

沒有人看到，自然不會有人買。

陸芳被這匪夷所思的現象嚇到不知所措，一頭冷汗的看著丈夫，「立群，是不是有誰在整我們？你知道我們在這行得罪的人可不少。」

「誰有這麼大的本事啊。我們只是小蝦米，大公司不可能聯合起來整我們吧。要知道我們掛的購物網站不止一家，而是國內的所有大型網站。還有好幾個上市公司。吃飽了撐著，才整我們。如果能得罪這種大人物，我們也早就是大人物了。」

周立群用力搖了搖腦袋，「而且妳看，我們其他商品都很正常。唯獨這支手機……果然，是這支手機的問題！」

兩人的視線，不約而同的落在了新手機上。

房間中節能燈散發著明亮的光芒。這部外表擁有著白色烤漆的手機，在燈光的照射下，反射著幽幽的光。頂部的藍色呼吸燈一明一暗、一閃一爍，彷彿一隻惡毒的眼睛，正在冰冷的瞅著他們。

兩人猛地打了個寒顫。

「算了，不賣了。扔了它！」周立群將手機拿起來，扔進垃圾袋中，丟到了樓下的垃圾清運室。

雖然陸芳有些捨不得，但事情實在太恐怖了，也就沒有多囉嗦。

可是，又是一個可是。人生在每次轉折時，都會有一個「可是」。對兩人而言，這一次的「可是」更加的可怕。

隨著時間的過去，三天後，兩人已逐漸將詭異手機的事情淡忘。他們繼續忙著當搶購師，足不出戶。兩人日夜顛倒，以三天為週期整理垃圾。

這一天是陸芳去倒垃圾，可過沒幾分鐘，這女人就跌跌撞撞，一臉慘白的跑了回來。跑得很匆忙彷彿有厲鬼在後邊追趕似的，腳上的一隻鞋子都不知掉到哪去了。

「怎麼了？」丈夫看她丟了魂般，結結巴巴，緊張得不得了，不由得問。

「垃圾！垃圾！」陸芳氣喘吁吁，前言不著後語，始終無法將話成功的組織成一句。最後乾脆拉扯著丈夫，來到了樓下的垃圾清運室。

「幹嘛啊，我還忙著呢。有人準備買我們一樣庫存了很久的東西。」丈夫不滿的嘀咕著，等他腦袋朝裡面看了一眼。

頓時，他也和自己的妻子一模一樣，整個人都呆住了。

「啊咧！啊咧啊咧！」丈夫發出了一長串的驚嘆聲，「這包垃圾，怎麼越看越眼熟？」

陸芳渾身都在發抖，「這就是我們家的垃圾，三天前扔掉的。」

周立群難以置信的三步併作兩步走上前，扯開黑色垃圾袋口，一股惡臭味立刻飄了出來。那支白色的手機安安靜靜的躺在垃圾最頂端，一丁點都沒有被垃圾污染。那瓷白的顏色，看得人通體生寒。

「我們社區的垃圾每天清運三次。三天就是至少九次。怎麼可能沒有人把垃圾運走？那天丟垃圾的時候，我明明看到附近有許多垃圾袋的。」周立群嚇得後退幾步，他感覺全身的寒毛都豎了起來。

垃圾清運室中，空蕩蕩的，顯然清潔工人剛清理過。但是自己三天前扔掉的垃圾還在是怎麼回事？退一萬步說，每個社區中都有許多閒著無聊的阿姨叔叔輩提著油布袋，一個一個垃圾袋的翻找有用的東西。

他們怎麼可能放過一支全新的手機？

怎麼想都想不出所以然的夫妻倆愣在原地，不知道該怎麼理解眼前的事實。

「該不會是鬧鬼了吧？」許久，周立群才艱難的吐出這幾個字。

實在沒辦法用別的詞彙來解釋發生在自己身上的遭遇。作為新時代的年輕人，也由不得用最迷信的想法來詮釋。

「鬧鬼？怎麼可能鬧鬼？從哪裡冒的鬼出來！」妻子陸芳僵硬的轉動腦袋，也走到垃圾前，將手機撿起來。

顯然，至今為止發生的怪事，都是這支手機引起的。將它拿到購物網賣，它令任何人都看不到展示網頁。將它扔掉，它令所有清潔工以及撿拾垃圾的拾荒者忽略了裝著它的垃圾袋的存在。

這一切都超出了常識的範疇。猶如手機上散發著一股看不見的超自然力量，操縱著網路，甚至操縱著人的意志。

「妳撿它幹嘛，快扔掉！」周立群大叫一聲，用力打在妻子的手上。

那支詭異的白色手機從妻子掌心滑落，摔在地上。機身彈了幾下後，螢幕居然亮了。

鎖定螢幕散發著柔和的光，幽幽的，在陰暗的垃圾清運間裡顯得特別醒目。

「你看！你看！」妻子愣了愣後，隨即指著發亮的手機螢幕再次大叫。

丈夫周立群壯著膽子望過去，他又一次被嚇到了，「我記得三天前沒有關機就把手機扔了，也就是說，它至少待機了三天以上。可現在怎麼可能……」

手機的螢幕右上角，顯示著電量。居然是滿格！

「不只是這樣。你扔掉時就只剩一半多的電了。怎麼可能待機三天以後，電量反而滿了。這不科學啊。」陸芳用指甲刮玻璃般的尖銳聲音嚷嚷著：「什麼技術那麼高科技？太陽能的？不對，這裡也照不到太陽。我可沒聽說過有哪支手機能從空氣裡提取電能。」

說到這裡，兩人同時安靜下來。他們覺得自己猜到了某些東西。

「難道，不是鬧鬼？而是真的有人在整我們？」丈夫陰沉著臉，「我們可沒招惹誰，如果被我逮到整我們的傢伙，看老子不砍死他才怪。」

陸芳點點頭，「這支手機肯定有人替它充電。可是，那些人為什麼要耍我們。我們只是為了生存辛苦工作賺些小錢的小人物而已。」

丈夫沒再多說，他在垃圾清運間裡上上下下翻找了一次，「沒看到有監視器之類的。哼，我們家有上次搶購回來的無線監視器對吧？」

「有是有，你要幹嘛？」陸芳奇怪的問。

周立群咬牙切齒道：「我倒要看看誰在整我們。把手機繼續扔在這兒，裝上我們的無線針孔攝影機。那傢伙總要出現阻止別人撿走手機，或者為手機充電的，只要被我找到了蛛絲馬跡，哼哼！」

說幹就幹。

周立群裝好了小型攝影機，又裝了幾個信號中繼器後便在家裡守株待兔。

一連三天。攝影機拍到的景象都極為正常。清潔工正常的進進出出；拾荒者照例在每個垃圾袋中翻翻找找。

古怪的是，所有人都有意無意的避開了夫妻倆好幾天前扔掉的那袋垃圾。就猶如那個垃圾袋根本不存在似的。

這令周立群頓時傻了眼。

在監視器前守了三天，沒有任何可疑的人出現。想著手機應該早就沒電了，實在忍不住的周立群衝下樓，走入垃圾清運間，迫不及待的拉開袋子。

那支白色手機，赫然出現在眼前。

仍舊是瓷白的顏色，仍舊散發著冰冷的光澤。那陰暗的反光刺得他雙眼發痛，渾身發冷。他使勁的壓抑內心的恐懼感，緩慢的伸出手，將手機拿起。

按下電源鍵，螢幕頓時流瀉出柔和的光，彷彿在無情的嘲笑周立群。

周立群見鬼般的大叫了一聲，狠狠的把手機扔在地上。

手機發出「砰磅」的碰撞聲。可並沒有碎裂，甚至連外殼都沒有絲毫的損傷。

手機螢幕上，顯示電量的位置，仍舊是滿格。

沒有人幫它充電，待機六天後，這支安卓手機仍舊滿格，什麼電池技術如此先進了？

周立群被嚇得不知所措，就在這時，他口袋裡的手機急促的響了起來。

「老公，老公。我們的電腦，我們的電腦有點怪！」電話的那頭，是老婆陸芳的驚叫聲。

「手機還在吧？別問為什麼了，快把手機拿上來。」妻子繼續對著手機大叫大嚷：「要，要出大事了！」

第三章　鬧鬼的電腦

普通人的心理是很奇怪的，沒朋友的時候，希望有人常常有事沒事問候一下。有朋友的時候，又覺得人際關係太煩，想有事沒事人間蒸發幾天。

其實城市中的人際關係，比你想像的更加脆弱。想要失蹤，也比想像的更加容易，只要不接電話就行。成年人與同伴之間的關係已經不再跟少年時一樣，很多人彼此之間所知的僅僅只是一個電話號碼。

於是電話以及網路通訊工具，不知何時開始，變成了你和父母、和朋友、和同事，甚至和伴侶之間溝通的主要方式。

如果有一天，網路開始出問題，手機也變得詭異起來的話，又該，如何做呢？

陸芳和周立群這對夫妻，現在就面臨到了這個糟糕的問題。

他們家所有的網路以及手機，都出了問題。等到周立群急急忙忙的跑回自己家時，才知道妻子為什麼一定要他將那支可怕的手機拿回去。

因為他家的電腦螢幕，不知何時螢幕全黑了。不，其實不是全黑。而是螢幕保護程式變成了黑色。周立群還沒反應過來，螢幕保護程式一變，顯示器慢吞吞的浮現出了幾個大字。

「把手機，放在電腦主機上。」

丈夫周立群愣了愣。這是怎麼回事？自己的電腦居然在命令自己！

「快點放上去。老公！快！」妻子陸芳焦急的催促著。

周立群用力的搖頭，「明顯是駭客什麼的駭了咱們的電腦，老子幹嘛要聽他的？」

「可是……」陸芳的語氣在發抖。

就在這時，黑色的螢幕保護程式不見了，飄來飄去的那幾個字也不見了，恢復成熟悉的 windows 畫面，但一張一張的照片使勁兒往螢幕上彈。

周立群一看照片，頓時大驚失色。那些照片，那些照片有許多是他和自己老婆的私密照，甚至還有一大堆以怪異的視角偷拍出來的畫面。有換衣服的、有做愛的、有光著身子到處走的。

如果這些照片被別人看到，他和妻子想死的心都有了。

也許是聽到了周立群內心的想法。又一個視窗彈了出來，夫妻倆所有人際網路的電子郵件信箱、電話、微博、微信、臉書上都出現了一個進度條。電腦似乎準備將那些羞人的照片，寄給所有平台的所有聯絡人。

「龜兒子死駭客，咒你死全家。」周立群怪罵一聲，跑過去準備拔網路線。

妻子看了他一眼，一臉無力，「網路線我早就拔了。」

他一看，網路線果然是被拔掉了。自己家的電腦並沒有連接 Wi-Fi，只能通過網路線上網。如果網路已經斷了的話，究竟駭客是透過什麼控制自己的電腦？

還是說，根本就沒有什麼駭客。是電腦它自己，突然有了意識？在威脅他？

扯電源線！

這是周立群的第二個想法，可是終究沒有時間執行。進度條快速的滑動著，眼看就要到百分之百了。雖然確定電腦沒有連接網路，可眼前的事情實在太怪異了，誰知道那台鬧鬼的電腦會不會以某種自己不清楚的方式，將羞死人的照片真的寄給他們所有的聯絡人？

甚至還發到社交平台！

周立群不敢賭。他退縮了，妥協了，一臉恐懼的將那支可怕的手機按電腦要求，放在主機上。

手機放上去的一瞬間，進度條失蹤了，照片也消失得沒了影子。周立群大恨著撲上去，但是他翻遍了電腦硬碟的每個角落，絲毫找不到照片的儲存位置。

平靜沒多久，詭異的現象又出現了。

這一次，彈出的是一個沒見過的購物網站的秒殺網頁。

倒數計時中，秒殺的物品，竟然是他們家裡的折疊餐椅……

□

「那個秒殺網頁，剛開始時每天只彈一個視窗，賣我們家的一樣物品。無一例外，被秒殺的物件，都會在秒殺結束後瞬間消失。」周立群嘆了口氣，好不容易才將事情的前因後果講完，「可事情根本沒完沒了，甚至在逐漸惡化。」

「兩天後，秒殺開始逐漸頻繁起來。從一天一次變成一天兩次，直到昨天，一共彈出了十一次。弄得我們幾乎要瘋了。」妻子陸芳止不住的害怕。

女性本就是感性生物，哪怕這個女人的容貌長得有些對不起社會，害怕起來時，嘴邊的媒婆痣還一抖一抖的，抖得痣上的黑毛也在跟著發顫。

不過這並不影響我對他們的同情。畢竟任誰遇到了這種事，都會被蠶食到精神崩潰。

小蘿莉妞妞一邊聽一邊不停的在電腦中翻找，最後直搖小腦袋，「夜哥哥，這台電腦裡，妞妞實在找不出任何疑點。不像是有駭客侵入過。如果真有入侵，只要是人類，無論將屁股擦得有多乾淨，妞妞總會找到蛛絲馬跡的。」

「剛剛我們看到的秒殺網頁呢？」我問。

妞妞苦笑了一下，「這就是最奇怪的地方。明明我們所有人都看到了，可是偏偏無論記憶體還是硬碟都沒有痕跡，就如同我們看到的只是一場幻覺而已。」

冒牌女道士游雨靈偏著脖子，從口袋裡掏了幾張紙符，「啪」的一聲貼到了螢幕上，「不然，我準備香蠟紙錢，辦一場法會？」

「法會妳個鬼！我個人認為，這件事背後一定有一個超級厲害的駭客。」我在她頭上敲了一下，想了想，繼續道：「肚子餓了，先去吃午飯。周立群先生，電腦的那個秒殺彈窗，有規律嗎？」

周立群點了點頭，「當然有。」

「再過一個半小時，就會有秒殺網頁出現。」他從褲子口袋裡掏出一支機械錶，見到我們看錶的奇怪眼神，不由得苦笑一下，「沒辦法，現在所有電子產品我都不敢相信。」

「那我們一個半小時後，準時過來。」我在手機上設定了鬧鐘，就帶著游雨靈和妞妞走出了門。

剛一出門，盤算著離周立群夫妻的房子夠遠了。我立刻拽住妞妞，將這隻小蘿莉抓了過來，「鬼靈精，說說吧，妳發現了什麼？」

自己早就察覺到了，小蘿莉查看電腦時，表情隱晦的變過好幾次。

六歲的妞妞人小鬼大的骨碌轉著眼珠子，嘻嘻笑了起來，「果然瞞不過夜哥哥，妞妞我確實發現了些古怪的事。」

她頓了頓，聲音低了下去：「走，離遠一些再說。」

說完就慢吞吞的，皺著小眉頭，沒有再多說話。

妞妞的話中有話，令我頓時警覺起來。難道這個社區中，有誰在監控著那對夫妻？

不然小蘿莉為什麼如此謹慎！

正在頭痛時，女道士游雨靈不見了！

「該死，那超級路癡女八成又不知迷路到哪去了！」我大罵一聲，追著她消失的方向跑了起來。

沒追多久，就看到女路癡繞著一叢萬年青轉來轉去。明明萬年青就只有十多株而已，而且也不高。可游雨靈偏偏能哭喪著臉，左拐左拐又左拐，死都繞不出來。這路癡能力，已經能稱得上是詛咒了。

我嘆了口氣，探出手一把將她拽出來。

「夜兄，好險好險。這個社區太凶險了，本道姑一出門就遇到鬼打牆。」看清楚了是我們之後，游雨靈一把抱住我的大腿，劫後餘生般的大聲嚷嚷。

社區裡的大爺大媽看猴戲似的看著我們三個，弄得我空前絕後的厚臉皮都有點承受不住。

「屁的鬼打牆啊。走啦走啦，丟臉。」我恨極了楊俊飛，這混蛋到底丟了什麼麻煩精給我，「妳自己看看妳，多大人了還迷路，連妞妞都比不上。」

「就是就是，游雨靈姐姐羞羞！」妞妞在自己粉嫩的小臉上用力刮了幾下。

我抓著遊雨靈往前走，不敢放手。這女人只要一缺少牽引就隨時會迷路，真不知道她過去二十多年的人生是怎麼活下來的。

走沒多遠，女道士突然直直的看向了附近樓下的一個小房間。

「幹嘛？」我奇怪的問。

游雨靈皺起好看的眉，「那個地方，讓我有種古怪的不舒服感覺。」

「不舒服，哪種不舒服？」我認真起來。游雨靈雖然是路癡，但畢竟是鬼門的守護者（詳見《夜不語詭秘檔案》第六部），歷代祖先被鬼門上超自然的力量浸透，說不定真能察覺到一些普通人察覺不到的東西。

游雨靈搖著頭，指著胸口，「說不出來。心臟難受得很，快要跳出來了。」

「那就過去看看。」我也不囉嗦，拉著她帶著妞妞走了過去。

這棟樓位於周立群他們家隔壁，讓女孩感到不舒服的地方，是樓下的垃圾清運室。

我探頭進去看了看。還沒到清運垃圾的時間，小空間中充斥滿黑漆漆的垃圾袋，骯髒的污水橫流，腥臭雜亂。

除了垃圾外，似乎並沒有什麼奇怪的玩意兒。

「臭死了。夜哥，我們快走吧。」妞妞用力捏著小鼻子。

「似乎確實沒什麼怪異的地方。」游雨靈嘆了口氣：「難道是錯覺？」

我同樣也沒有發現異常，不過還是掏出手機，「未必，有時候肉眼能看到的，未必是全部。」

說著仔細的拍了幾張照片後，這才帶著兩人離開。我們在社區附近找了一家中餐館，簡單的吃過飯後。我用手撐著頭，細細思索起整件事情來。

「對於電腦鬧鬼事件，妳們有什麼看法？」想了一圈後，總覺得有些詭異，我率先問。

游雨靈歡快的舉起手，「我家的鬼門雖然被雅心的組織搶走了，但是本道姑的靈感還在，我覺得肯定是電腦鬧鬼，我嚴正要求讓我辦一場法會，消除電腦的戾氣。」

我無視了她，看向妞妞，「電腦高手，說說，妳怎麼看？」

小蘿莉眨巴了兩下大眼睛，「控制電腦的，絕對是一個超級駭客。很厲害，他能在別人的電腦裡走一圈後，不留下任何痕跡。妞妞希望申請一筆經費，弄些專業的設備，跟蹤周立群叔叔家電腦的信息流！」

「電腦方面，雖然我不太懂。可周立群不是已經切斷了網路實體連結嗎？」我輕聲道。

妞妞從鼻腔中可愛的噴了一口氣，一臉鄙夷，「夜哥，網路線和 Wi-Fi 可不是連接電腦的唯二方式。如果我要控制電腦，至少有上百種方法，能夠弄得電腦主人求生不得，求死不能。」

我沉默了一下，「如果背後真的有一名駭客的話，妳需要什麼設備？揀貴的說，老子要讓楊俊飛破產。」

自己對這位不管事的老闆極為不滿。

妞妞頓時如潔白的蓮花一般，純潔的笑了。她湊過來「嗯嘛」的親了我一口，「最愛最愛夜哥了。嘻嘻嘻，嘿嘿嘿，要讓楊俊飛叔叔破產的話，嗯，這台伺服器必須要買。還有這個，嗯嗯，這個也是必要的。早就想買了！」

小蘿莉一邊純潔的奸笑著，一邊在手機上列出邪惡的清單。她的腦袋正上方已經隱約能看到老男人楊俊飛哭喪般的臉了。

游雨靈指著自己的臉：「那驅鬼法會還做嗎……」

「這個先放一邊。話說，妳哪隻眼睛覺得是在鬧鬼？」我瞪了她一眼。

「可是那張爛沙發就在我們眼前突然消失了。」女孩小聲的說。

我撇撇嘴，「這個問題，我也在思考。肯定有某種機關，只是我沒有注意到。」

「不過有一點我倒是注意到了。不知道妳們注意到了沒！」說到這，我轉回正題上，「那神秘秒殺網站，秒殺的物件，全都是周立群夫妻客廳裡的物件。而網站上貼的也只有客廳的照片。是不是意味著，將客廳裡的物品拍賣完了，詭異的事情，就會消失？」

「很有可能。駭客其實是有原則的群體。」妞妞百忙中抬起頭，插話道，「如果整件事背後真的有一個駭客集團在搞鬼。那麼根據那張擺滿物品的客廳照片看，只要物件沒有了，他們就會停手。」

我摸了摸下巴，「所以說，其實我們什麼都不幹，那對夫妻也沒任何危險？」

「沒那麼簡單。」游雨靈又舉起手，「我覺得，事情肯定會惡化。我有種不好的預感。再說，那支手機是怎麼回事？周立群夫妻是拿到搶購的手機後，家裡才出事的。」

妞妞認真道：「手機應該是這件事的引子。所有無聊的駭客都會為行動設定某種引子。我猜，那支手機裡肯定植入了木馬。當夫妻將手機連上電腦後，駭客就入侵並控制他們家的電腦。而且，那支手機絕對不是普通手機，否則神秘駭客也不會執著的讓周立群叔叔把手機放在主機上。」

「或許，手機和電腦的某種非實體連結，才是駭客控制電腦，甚至控制秒殺網頁以及造成被秒殺物體消失的主因！」我懂了小蘿莉的意思。

妞妞點頭，「不錯。妞妞在周立群叔叔家的電腦中發現了一些很簡短的代碼，代碼的意思不詳，也不像是二進制。總之很奇怪，我無法解讀。由於害怕房間被監視，所以也沒有拷貝。」

「但是高智商的妞妞，憑記憶將它全部記在腦子裡了喔。」小蘿莉很是得意，「等楊俊飛叔叔把設備買來，我就可以嘗試著分析了。」

游雨靈嘆服道：「妞妞，妳記性真好。」

喂喂，這已經不是記性好壞的問題了。所謂的簡短代碼，而且還是非二進制的，我這個不懂電腦的傢伙用膝蓋都能想得出來，絕對不是簡短那麼簡單。妞妞的記憶能力已經逆天了，她，今年才六歲而已。再大點還得了？

我們三人又討論了一陣子，大概一個多小時後，下一次秒殺彈窗就要出現時，這才急忙趕到夫妻倆的住宅。

剛一到門口，就看到這兩個嚇壞的夫妻正敞開大門，不知道在往外搬些什麼。

「你們在幹嘛？」看著屋裡屋外一群穿著藍色「螞蟻搬家」服裝的搬家人員走進走出，將各種物品朝外扔。我有些懵了，朝周立群問了一句。

周立群陰著臉，肉痛的回答道：「我和妻子商量了一下。家裡的鬧鬼事件似乎全衝著咱們客廳裡的那點東西，如果把客廳搬空的話，說不定就啥事都沒了。」

「搬空？」我愣著，看著他在搬家公司的文件上簽字。

周立群毫不猶豫的簽了自己的名字，「你們不也說這裡的風水不好嗎，我把所有東西都扔掉。然後走人！啥都不帶走。鬧鬼，鬧你媽的鬼。」

看來搬家公司早在幾天前就聯絡好了，請所謂的網路驅鬼師，也只是稍早的第一個方案而已。跟著他走進房間，整間房子都被搬空了。只剩下客廳中央一台孤零零的電腦放在地面。

電腦主機上，放著一支散發著詭異光澤的瓷白新手機。

「電腦不搬走？」我問。

周立群恐懼的搖頭，「不要了。送給房東。」

「那些搬家公司的人，沒人想要？」我就不信他沒問過。

果然，周立群更恐懼了，「似乎搬家公司的員工，沒有一個注意到這台電腦和手機的。真是見鬼了。」

我皺了皺眉，沒有再說下去。

「真是麻煩你們白跑一趟。」周立群搓了搓手：「只要搬走，事情肯定就解決了。我人笨，前天才想到這方法。」

我看著他鬆了一口氣似的臉，總覺得事情根本不可能那麼簡單。現在客廳一塵不染，就連地板都被搬家公司的人清掃乾淨了。

可為什麼，心，開始發悸呢？

「該死，不好！」突然，我大叫一聲，「周立群、陸芳，你們快出去。走，離得越遠越好。」

「走？幹嘛要急著走？」一旁的陸芳疑惑道。

我的聲音急促，「因為客廳並不是真的空了，還有兩樣東西。」

自己的大腦回憶著秒殺網頁上的照片，照片上有許許多多的物件。還有兩個……

就在這時，客廳正中央的電腦猛地自動開機了。單調的「嗡嗡」聲在這乾淨的房間裡顯得特別刺耳，彷彿一隻怪物在用長長的指甲抓玻璃，令人毛骨悚然。

沒有漫長的啟動時間，電腦在開機後的瞬間，就彈出一個視窗。

秒殺視窗！

網頁上，周立群家的客廳照片中，拍賣過的、剛被搬走的物件上，密密麻麻的被打上了大大的紅叉，示意著無法拍賣。

整張照片，只剩下周立群和陸芳夫妻的臉，露在包裹堆中。網頁刷新，兩個猩紅如血的圈圈，落在他們身上。

這一次秒殺的

就是，他們兩個！

第四章 邪惡蔓延

曾經有一個哲人說過，人最愚蠢的時候，正是在沒有完全瞭解一件事時，就做了自己認為最好的決定。

於是我們能夠看到，買股票的人通常買漲不買跌，也不長期持有。大家買的時候他穩住，結果在最高點時，穩不住了，買了。股票跌了，他再一次穩不住了，割肉了賠了慘了，跳樓了。

所以在賭博一般的股票市場，大多數人都賺不了錢。

因為普羅大眾，都基於一種狹隘的心理，有如亥姆霍茲共鳴器般，人類的思想會在社會的耳蝸中共鳴，讓你在最壞的時刻，做最壞的決定，並且還沾沾自喜。

周立群和陸芳就是這一類的人。他們在身上發生了可怕的事情後，從未做過好的決定。於是事情的方向，自然而然就朝著最壞的地步發展滋長。

最終兩個人死了，都死了。就死在我們三人的面前。

他們死得很慘。那張秒殺網頁的照片上，堆積著大量的包裹。所有的物品被搬走後，網站不知基於何種原因知曉了，於是最後能拍賣的，只剩下了兩個人而已。

照片中的周立群是站著的，包裹在他的胸口以下。所以秒殺的位置，在他的胸部。

妻子陸芳坐著，腦袋冒出。於是拍賣的位置，就是她的頭。

這一次的秒殺倒數計時，只有三分鐘。

時間一分一秒的流逝，客廳裡的五個人，包括我都慌了。今天早晨自己親眼看到被秒殺拍賣的老舊折疊沙發突然消失，再看到電腦上那一點一點倒數的紅色數字，不由得寒毛直豎。

誰知道倒數的秒殺數字跳到零，會發生什麼事！

被拍賣的小夫妻倆更是恐懼，直到那拍賣網頁彈出，他們才真切的意識到，自己究竟幹了多麼蠢的事！

「夜不語先生，該怎麼、怎麼辦？」周立群驚慌失措的拽住我的手，語氣在發抖。

我皺了皺眉頭，「先逃出去！」

如果秒殺網站的邏輯真的是只拍賣照片中的空間內的物品的話，只要走出了照片所在位置的客廳，說不定就能導致拍賣失敗。

「對，對。只要走出這鬼地方，一定能活下去。」周立群抓住自己的妻子跌跌撞撞的往外逃。

可是事情的發展，往往如同莫非定律一般。當他們跑到客廳門口，一股不知從哪裡竄來的邪風猛地將門吹合攏了。

只聽「啪嗒」一聲巨響。大門就那麼死死關上，猶如怪物縫上了嘴巴。

周立群夫婦拚命的使勁拉門，可門彷彿從外邊鎖住了似的，紋風不動。

「怎麼會這樣！」我同樣大吃一驚，走過去向下壓門鎖。門把根本壓不動，一股神秘的力量將把手鎖死了。

現今每個家庭為了安全著想，採用的都是很厚的雙層安全防爆門。可是這種門究竟安不安全還有待商榷，一旦屋裡不安全了，這道根本不可能依靠人力砸開的安全門，就將房間變成了囚籠。而屋裡的人也成了待宰的青蛙。

電腦上的倒數計時，仍舊飛快的消耗著。

「從窗戶翻到另一戶房子裡去！」我的視線掃了一下房間格局，立刻有了主意。

慌亂成一團的小夫妻也顧不上考慮，照著我的話行屍走肉般撲向客廳窗戶。這棟大樓每一戶的格局大致相同。客廳外便是一個小陽台，採用錯層構架。陽台足足挑高了六公尺多。下邊三公尺屬於房間主人，上邊的三公尺是另一戶人家。

順著小陽台上方的空調架，確實能夠安全的爬到樓上的住戶家中。

倒數計時只剩下一分半鐘。

周立群頂著陸芳的屁股，將她頂上了樓上方的空調架。自己也搭著凳子，在我的支撐下爬了上去。

可就在這時，一件更讓人難以置信，令我背後發麻的恐怖狀況發生了。

剛一上空調架，準備爬到別人家，什麼也顧不得想要砸開樓上房間窗戶爬進去的周立群夫妻，似乎碰到了某種看不到摸不著的東西。兩個人紛紛落了下來，重重摔在地上。

「好痛。」周立群掙扎著，痛苦的呻吟了幾聲。

「你們撞到了什麼？」他們倆跌落的姿勢令我摸不著頭腦。明明就快要成功爬出去了，可為什麼會莫名其妙的撞到腦袋跌下來？

陸芳的精神已經緊繃到了極限，她的嗓音也在恐懼中發出尖銳無比的響聲，「上邊有一堵牆，活生生的將我們隔開。我們爬不過去！」

一堵牆？我下意識的抬頭，卻什麼也看不見。陽台外的天空很燦爛，明媚的光線刺破雲層，顯得格外美麗。

可就是這層美麗的外衣，照入陽台，為整間屋子蒙上一層死亡的灰敗。

行動派游雨靈搭著凳子敏捷的爬了上去，她一直爬到樓上，但並沒有碰到「看不見」的牆壁。

「沒有啊！」路癡女眨巴著眼，很是疑惑。

於是夫妻倆又試了一次，可是唯獨他們，只要一試圖爬到樓上，就會被一面「看不到」的牆擋住，根本逃不了。

位於下方的我們這次清楚的看到了這詭異的一幕。明明頭頂什麼都沒有，可陸芳他們兩人卻像是跳「摸牆舞」，拚命用手在腦袋上方的空間拍來拍去。

隨著他們的拍動，一陣陣猶如拍打玻璃的急促敲擊聲不絕於耳。場面非常詭異。

我皺緊了眉頭。似乎真的有一道無形的力場困住了他們。隨著拍賣網頁彈出，秒殺物品確定後。周立群和陸芳就變成了被拍賣物，被一股陰森恐怖的超自然力量禁錮在客廳裡。

上天無路，入地無門。根本無法逃離！

一想到這兒，自己就背脊發涼。究竟是什麼力量，居然能強大如斯。如果那個秒殺網頁背後真的隱藏著一個駭客，那麼那個駭客又是怎麼做到的？居然能從數字層面，影響到物質層面？

這已經無法被視為簡單的網路攻擊了。

秒殺網站上的時間並不會因為我們的惶恐而停止倒數計時，時間，還剩下半分鐘。再接下來的十幾秒鐘，我迅速的拋棄了從陽台逃離的想法。等眾人魚貫地重新進入客廳，想要躲到其他的房間時，這才發現其他的房間門不知何時同樣關上了。

主臥室、小房間，這個兩房兩廳的套房中，就連廁所門都死死合攏，無論如何都打不開。我嘗試著撞門砸門，哪怕是廁所的玻璃門，那扇普通的玻璃也如同加了「堅固」狀態，堅硬到爆。

就算是掏出瑞士刀上的破窗器，也無濟於事。

周立群和陸芳絕望了！

游雨靈用手摸著下巴，靈氣十足的大眼睛裡閃過一絲精芒，「果然是要辦一場法會。現在的事，已經超出了正常範圍，簡直變成靈異事件了嘛！」

說著這路癡女道士就自顧自的從自己的背包裡翻找作法用的鬼畫符和桃木劍。可是她的動作並沒有追贏時間。

屋裡的每一個人都在和時間賽跑。逃離無望的小夫妻蜷縮在客廳的一角瑟瑟發抖，小蘿莉妞妞滿頭冷汗的跑到客廳正中央的電腦前，手指飛也似的在鍵盤上跳舞，試圖尋找到秒殺網頁的蛛絲馬跡，然後駭進網站，解除這一次的拍賣。

而我，則仍舊試圖尋找能逃出生天的通道。

在這最後的二十秒內，每個人都將自己的智慧發揮到了極限。可有的時候，時間的消失，並不會給所謂的智慧更多的機會。

在這超自然的密閉空間裡，那紅色的跳躍數字終於跳到了零上。

拍賣，結束了！

就在紅色數字歸零的那瞬間，我們三人都猛地停止了各自的動作。甚至就連呼吸都屏住了，視線不約而同落在了小夫妻身上。

牆角邊蜷縮著的周立群和陸芳，用力抱著腦袋。突然，毫無預兆的。陸芳的腦袋不見了，而周立群的上半身，從肚臍眼到脖子以下，瞬間汽化在空氣中。

從頭到尾，沒有一滴血流出來。就如同一個普普通通的，用樂高積木堆起來的人形物體，一個被抽掉了最高的部分，一個被攔腰截斷。

絲毫不血腥，但卻令人感到恐怖無比。

眼巴巴的看著這一切發生，卻無法阻止的我，全身都是冷汗。過了好半天才反應過來。自己連忙衝過去。沒有了腦袋或是胸腹部的夫妻，自然是死得不能再死了。兩個人的屍體軟綿綿的倒在地上，一如沒有生命的塑膠模型。

哪怕是見慣了死亡，可唯獨這一次的屍體，讓我極為不適。甚至讓我的手不停的發抖。沒有了腦袋的陸芳，脖子上的切口平整無比。切面上的所有血管都有燒灼的痕跡，所以才會一滴血都無法噴出。

會出現這類現象，通常只有一種可能。那便是傷口出現的速度極快，割裂傷口的物件與空氣摩擦後，產生了高溫，將蛋白質碳化了。

果不其然，接著自己檢查了周立群腰部以及脖子上的兩個切口。同樣發現了燒灼與蛋白質碳化的痕跡。傷口上碳化的蛋白質並不呈黑色，而是像有一層透明的膜般，將血液牢牢地堵住。甚至能夠透過透明的碳化膜看到血小板在血管中逐漸凝固。

可怕得很。

要形成透明的碳化膜，傷口的割裂速度絕對接近光速。現有的大功率雷射武器或許能夠做到，但是絕對做不到如此精確的切割。能做到精確切割的雷射武器，要嘛大型到瞬間能將兩夫妻的整個身體全都汽化了。要嘛只能做做眼視力矯正手術。

自己還從來沒有聽說過有哪個國家的雷射武器出了實驗室後，能幹出眼前這種驚心動魄的切割。

但是，在自己的眼皮子底下，確實有人做到了。人？我半蹲在地上，看著兩具屍體，不由得搖了搖腦袋。這種事，人類，真的能做到嗎？

如果有如此精確的雷射武器，那麼它的發射孔在哪兒？

我不由得抬起頭，往天花板上望。天花板乾乾淨淨、就連蜘蛛網都被剛剛的搬家公司清理掉了。沒有任何跡象證明，上邊有雷射發射器存在。

那麼，究竟是基於什麼原理，在那詭異網站的秒殺活動結束後，作為拍賣物的陸芳的腦袋以及周立群的胸部，會瞬間不見？

無論怎麼想，都令我不寒而慄。

妞妞癱軟在地板上，這小蘿莉雖然經歷過一些詭異可怕的事，但畢竟她只有六歲。眼前發生的一幕，令她很害怕。

就連路癡女道士游雨靈也愣在原地許久，她的姿勢還保持在左手拿符咒，右手舉著桃木劍的尷尬模樣。

「夜兄，事情，恐怕沒那麼簡單！」憋了半天，她才重新將作法的物件塞回背包，憋出了這麼一句話。

隨著小夫妻死去，電腦螢幕暗了下來，如同從未開過機般，所有的圖像都消失一空。房間裡所有的門，也敞開了。

我嘆了口氣：「走吧，把這台電腦和那支手機都打包帶走，這件事，我要仔細想想。」不錯，確實值得好好想想。眼前的一切，根本就不可能是單純的駭客攻擊事件。有哪個駭客，能力大到從數字層面影響到物質層面？

有哪個駭客，會無聊到動用如此大的人力物力，只為了拍賣周立群夫妻家一堆亂七八糟完全沒有價值的物品？

那個秒殺網站之所以盯上周立群夫妻，究其原因，就我所知，恐怕正是那支搶購來的新款手機。

難道這支手機，才是一切怪事發生的根源？

瓷白的手機仍舊輕輕的擺放在主機上，在屋外陽光的照射下，散發著冰冷刺骨的陰森光澤。

我無法理解一支手機而已，為什麼會發展出如此多的怪異事件。手機背後那些操縱著一切的傢伙，真的是人類嗎？它們，究竟有什麼目的。又或者，想幹什麼？

將手機和電腦一股腦塞進垃圾袋裡帶走後，我終究沒有打電話報警。陸芳兩人死得太怪異了，超出了人類的基本常識。警方的筆錄，肯定會耗費自己大量的時間。

我倒是通報了老男人楊俊飛，將後續處理一股腦的扔給那傢伙。順便也把小蘿莉妞妞要的設備單 Email 給那老混蛋。

楊俊飛看了清單後，呼天搶地的哭了。

周市的夜，漸漸來臨。我們三人找了一家酒店住下，隨便吃了晚飯，開始整理起今天發生的怪事。

「顯然是鬧鬼了。」游雨靈從冰箱裡拿了一瓶水，毫不淑女的朝嘴裡猛灌。

妞妞拿出自己的筆記型電腦不知道在幹嘛，抽空抬頭道：「雨靈姐姐，不要什麼都非要扯到靈異事件上。咱們要科學的看待問題。如果世界上真的有鬼的話，鬼也只是一種能量的存在。單純的能量怎麼能理解規律的數字？這明顯是精心策劃的駭客事件。雖然他們的目的，暫時還搞不明白。」

這小蘿莉語氣老氣橫秋，小模樣比二十多歲的游雨靈不知老練了多少。

「夜兄，你怎麼看？」游雨靈嘴笨，連忙朝我望過來。

我敲了敲桌子：「撇開其他的不說，暫時也別爭論什麼駭客還是鬧鬼。妳們就沒有發現一件事嗎？」

「什麼事？」小蘿莉和女道士同時瞪大了眼睛。

我的視線朝房間的一角望去，那裡有陸芳夫妻家的電腦和手機，「無論是拾荒的、清理垃圾的，以及搬家公司，既然所有人都無意的忽略了這台電腦和手機。我們是怎麼意識到它們是真實存在的？」

「我的意思是說，它們真的存在嗎？為什麼別人都看不到，唯獨我們三個，一進房間，就看到它們？我們比其他人，多做了什麼？」

兩人的臉色頓時一變，似乎才意識到這個問題。

「還有一件事。明明秒殺網頁都已經在倒數計時了，我們想辦法關機，想辦法逃離。卻沒有一個人想到拔掉電腦電源線？為什麼？真的是我們忽略掉了這個思考死角，還是陸芳家的某些東西，影響到了我們所有人的思考？」我眉頭皺得更深了。

「一切的一切，全都很令人費解。如果這背後真有人在操縱，我不信他們花費那麼大力氣，只是為了惡整周立群夫妻。說不定，那些人在謀劃著某個大陰謀。這件事，我們需要詳細計畫。必須要搞清楚那網頁的伺服器在哪兒，以及究竟是什麼影響到了我們。說不定透過解決這兩個問題，能摸清那個神秘購物網站的目的，和存在方式。」我敲定了下一步的行動。

「還有，楊俊飛那老混蛋之所以接受這對小夫妻的案子，就是因為類似的事件，在周城已經發生了好幾起。剛開始我也認為是單純的駭客無差別入侵，所以提不起興趣。」我不由得瞇著眼睛，大腦不停思索，「現在想來，果然是我頭腦簡單了。」

「妞妞，既然是網路的事情。妳是電腦高手，幫我徹查周城的各大論壇，看有沒有更多詳細的資料。」我吩咐道。

妞妞立刻點著小腦袋，手飛速在鍵盤上滑動。

沒過多久，她便抬起了頭。

「夜哥哥，雨靈姐。你們看，這個城市，這個城市可不簡單喔！」小蘿莉不知看到了什麼，渾身一抖，聲音發啞的說道：「太瘋狂了！周城的網路簡直瘋了，完全瘋了。還有這家餐廳，許多高中生的圈子都在盛傳，餐廳鬧鬼！」

第五章　鬧鬼餐廳

話說，就沒有人想過，人的屁為什麼總是那麼臭，而且臭的花樣百出？

從前我也沒想過，直到踏進了這家叫做長海的餐廳。

「有一種屁像臭雞蛋的味道，有時候進長假後的男生寢室，也能聞到這種味道。據說美國黃石國家公園溫泉裡的氣味、火山附近的氣味和長海餐廳一進門的味道一模一樣。」小蘿莉妞妞用手機刷著周城的某個朋友圈，唸著上邊的內容。

果然，一進長海餐廳的旋轉門，一股和描述一模一樣的屁臭味就傳入了鼻孔裡。噁心得妞妞和游雨靈用力捏鼻子。

我平靜的點了點頭，「這味道的主要成分是硫化氫。從人類菊花中撇出來的硫化氫通常十分微量，但它是臭屁中最常見的化學成分，有著令人品味深長的臭雞蛋氣息。」

「夜哥哥，你好噁心。」小蘿莉的臉頰用力鼓了起來，似乎想隔絕餐廳中的噁心味道，僅僅依靠腮幫子中的空氣存活。

我聳了聳肩膀，「繼續走吧，往哪個方向？」

「左轉後，往前走十二步。對，就是那裡！」妞妞繼續看下一條朋友圈的訊息，用甕聲甕氣的聲音讀道：「那裡的屁臭呈現腐爛後的黃瓜味，據說加州柏克萊植物堆肥場的氣味以及萬聖節鬼火熄滅後的味道，和那屁臭味大致相同。」

果然走到了指定位置後，臭雞蛋味猛然間不見，隨之填塞入鼻孔的是一股其他種類的惡臭。我深呼吸了兩下，再一次點頭，「是甲硫醇。人類的腸子中幾乎都含有大量的甲硫醇。」

「人類有口臭也是因為這種化學物質的緣故。它的氣味通常會被描述為腐爛的蔬菜。因為實在太臭了，所以全世界都在煤氣中混入它，用以警示。當在家中聞到煤氣洩露的氣味時，聞到的就是甲硫醇。」

說到這，我嘆了口氣，「在這個位置放含有甲硫醇的屁的人，得要多孤獨啊。他究竟多想增加存在感？」

妞妞和游雨靈似乎完全沒有被我的幽默感逗笑，反而將鼻孔堵得更嚴實。在這個充滿臭味的餐廳中，每多走一步都是煎熬。

「接下來，往前走到餐廳最裡面。」妞妞再次刷了一下朋友圈，讀第三條，「餐廳最裡面的屁臭味最獨特，有海的氣息，甚至散發著炎熱夏日裡的廢棄蘿蔔農場味以及變質的白菜湯味。」

能寫出這些屁臭描述的人簡直是天才，畫面感太強了。

我們順著這篇盛傳在周城朋友圈的「長海餐廳聞臭屁指南」朝裡邊走了過去。又是毫無心理準備的，在跨入一定範圍後，甲硫醇氣息唐突的消失得無影無蹤，取而代之的是濃烈的第三種屁臭味。

「這次是二甲基硫醚。」我瞇了瞇眼睛，略有些噁心的解釋道：「二甲基硫醚，是一種很有生態氣息的屁。這種氣體的氣味確實被描述成各式各樣，捲心菜味、不討人喜歡的甜味、大海的氣息。總之雖然人類大多喜愛大海，不過這種腸胃裡出來的大海氣味，想來也不討人喜歡。」

或許我是幽默細胞不足吧，妞妞和游雨靈已經憋紅了臉，完全忽略我的俏皮話。最終我放棄緩和氣氛，咳嗽了一聲，找了個位置坐下，「來吧，點些餐。我們大概今天一整天都要待在這兒了！」

「納尼！不要啊！會死人的！真的。」小蘿莉和路癡女終於有了反應，兩人哀嚎著，瞪著我。可最終在我的堅持下，絕望的坐在充斥著濃烈二甲基硫醚的屁臭味的位置上。

我環顧了四周一眼，看了看菜單，然後莫名其妙的搖了搖腦袋。走過來的女服務生戴著厚厚的防塵口罩，但究竟能不能擋住氣味就搞不清楚了。她手裡拿著一個平板電腦，等待我點餐。

服務生露在口罩外的眼睛裡，時不時的閃爍著一絲恐懼。或許她也在因為餐廳中突然冒出的各種怪異屁臭味感到害怕。

長海餐廳在周市算是中等偏上的西餐廳，據說這裡的好幾種甜點以及冰淇淋曾經受過附近女高中生的極力推薦。不過人類是一種古怪的喜歡見異思遷的生物，這家餐廳鼎盛沒多久，生意便開始一落千丈。

當餐廳老闆就快要哭喪著臉宣布倒閉關門時，餐廳內發生了一件怪事。三種屁臭味不間斷無間歇沒有預兆的在好幾天前猛地出現在餐廳中，席捲污染了餐廳裡的空氣。無論員工用多少空氣清新劑，都沒法把這些屁臭味壓下去。

說起來餐廳內的屁臭味也有些怪。它們的空間分配有著極為強烈的地盤意識。每一種臭味，只佔領自己固定的範圍，從不會侵犯到別的臭味中，也不會混在一起。

這完全違反了空氣學原理。

氣味什麼時候和固體一般，相互碰撞擠壓而不會混合了？

發生了這種事，餐廳老闆更加絕望了。這下好了，全砸手裡了，就連將餐廳頂讓出去的可能性也沒有了。但是讓人完全沒想到的是，人類的性格果然捉摸不定，比長海餐廳裡瀰漫的屁臭味更加詭異。

這鬧鬼般的屁臭味，反而吸引了一堆好奇的學生和市民。每個人都爆發出偵探天分，跑來探究原因，感受噁心的臭屁氛圍。瀕臨倒閉的餐廳一時間人氣高漲，天天爆滿。到今天，氣味已經出現了足足有一個禮拜了。

人氣這才稍微消減一些。不過我們三人坐的位置，也算是最後空著的座位了。大門口還不斷有想要嘗鮮臭屁的市民走進來找位置。

所以說人類對流行的嗜好，還真是古怪得很。

等我們點好餐後，女服務生留下了三個口罩和三杯水，快步走開了。游雨靈和妞妞早就已經憋不住氣，可聞了幾口屁臭味後又覺得無法接受。所以一看到口罩就如同發現救命稻草般，迫不及待的戴上，遮住了鼻子和嘴。

「嗚，還是臭。」妞妞哭喪著臉。

我倒是沒有戴口罩，只是一邊好奇的打量著周圍，一邊大感有趣的再次翻看起菜單。幾乎把菜單翻爛了，自己也更加的迷惑不已。

「夜哥哥，你究竟在看啥？」妞妞艱難的問了一句。

我聳了聳肩膀：「我在考慮，這些屁臭味出現的原因。」

「難道不是這家餐廳的老闆在搞鬼？」六歲的小蘿莉哼哼道：「一家要倒閉的餐廳突然就出現靈異事件，多好的宣傳手腕啊。我看老闆的臉都要笑爛了！」

我輕輕地搖了搖頭，「不對，老闆做不到。這三種屁臭味的分佈，違反了物理學。就連我都無法想像，餐廳中的氣味究竟是怎樣的存在方式。」

「這也涉及到了物理學？啥物理原理啊？」游雨靈在深山裡接受家庭教育，沒上過正規的學校。充滿迷信思想，常識不足。

「首先。我們需要知道一點，這個餐廳中的氣味，是單純的化學氣體，還是真的是屁臭味。」我從包包裡掏出來長海餐廳前就已經準備好的氣味分析儀。

本來以周城這個小地方，要買一部稍微精密的氣味分析儀是很艱難的，但誰叫現代人奇葩得很呢。

自從長海餐廳出現詭異屁臭味的消息傳開後，好幾款氣味分析儀就成了本城的熱門商品。

儀器啟動後，自動分析起周圍的空氣指標。沒多久，一條條的數據就顯示在面板上。我讀過之後，又與剛才進門後便開始分析的另外兩份屁臭樣本的數據進行比對。

看完三份數據，自己立刻就懵了。

妞妞也急起來，「夜哥哥，你倒是說話啊。解釋到一半你就自顧自的發呆，憋得妞妞心裡頭難受得很。」

「抱歉抱歉。」我撓了撓頭，用苦笑掩飾自己的震驚，「要知道，屁臭味的產生，遵循著一種基本的原則。那就是屁，為什麼會臭。」

「總括來說，細菌與胃酸分解食物時就會滋生分解產物，分解物中包含了很多種類的氣體。不過百分之九十九的氣體是沒有氣味的，只有百分之一會有臭氣的成分。

「記得美國一個叫J·羅賓森的科學家曾經給屁測量過色譜，根據色譜，腸胃中不同種類的細菌和一個人的飲食都能影響到屁臭的風格。最主要的是，世界上沒有相同的兩個屁。」

我一邊解釋，一邊在平板電腦上調出那個J．羅賓森的實驗報告，並將色譜列舉在螢幕上。

「妞妞，妳能編輯一個程式嗎？」看著對面兩個因為在屁臭味環繞的氛圍中談論屁臭成因，所以表情稍顯複雜的女性一眼，「根據J．羅賓森給的量數單位，用程式將這三份數據處理過後，變成圖表。」

「小意思。都是現成的公式，只需要建構一個簡單的程式就搞定了。」六歲的妞妞點點頭，掏出電腦就埋頭寫起來。這隻小蘿莉不愧是電腦天才，只花了幾分鐘就寫出了程式。

將長海餐廳的三種屁臭味的數據輸入後，答案出來了。

當三個色譜並排出現在螢幕中，我和妞妞的視線幾乎同時凝固在色譜上，不由得猛打了個冷顫。

好半天，妞妞才喃喃嘀咕了一句：「這怎麼可能！」

「你們怎麼了，看起來一臉見鬼的模樣！」唯獨看不懂的游雨靈不解的問。

震驚的妞妞發音很艱難，「游雨靈姐姐，事情大條了。」

「有多大條？」游雨靈眨巴著眼，仍舊搞不清楚狀況。

我用力吞下一口唾沫，刺骨的惡寒不停從腳底爬向後腦勺，「這件事解釋起來很麻煩。剛剛我就說過了，首先需要分析長海餐廳出現的氣味，究竟是不是屁臭味。根據氣味分析儀的數據，以及比對那位美國科學家的屁臭圖譜後。答案很清楚，在餐廳中的三種味道，絕對都是屁。而且是人類的屁。」

這一連串的話，既拗口，又像是在罵人。實際上，我真的有種罵人的衝動。

「長海餐廳中一共有三種屁臭味。」我努力的組織著自己的語言：「根據數據，臭味中百分之九十九的成分都是相同的，這意味著，它們源於同一個人。之所以有三種，主要是因為這個人吃了不同的食物。」

「現在，妳們來看看餐廳的菜單。」我將長海餐廳的菜單扯過來，翻開前幾頁：「這家餐廳的餐點很多樣，同時，我也找到了一些有趣的東西。例如，玉米稀飯會讓人產生硫化氫、馬鈴薯燉牛肉會產生甲硫醇、爆炒肥腸和回鍋肉會使人的腸胃分泌二甲基硫醚。」

游雨靈總算是懂了，「夜兄，你的意思是說。餐廳裡瀰漫了一個禮拜的三種臭味，分別是某個人吃了餐廳中的三種食物後，分別在早晨、中午，和晚上放的屁？而且你曾經說過，沒有兩個屁是相同的。但這三種味道卻有著恆定的數據……」

搞明白後，這個路癡女道士，也驚訝得渾身發抖。

簡直太匪夷所思了，剛來時本以為十之八九是老闆在搞鬼，用化學氣體模擬屁臭味蠱惑市民，提高餐廳的知名度。

現在想來，這手段根本沒人能做到。即便是我，也想不通，究竟有什麼人能夠在吃了長海餐廳的食物後，放了晨屁、午屁以及晚餐屁。而且屁味，居然能保留一個禮拜不散，甚至連濃度也沒有絲毫減少。

這根本就不科學嘛！

但現實是，這種不科學的事情真的發生了。而且不科學的地方，還有很多。例如三種屁臭味互相不混合，這也令我難以理解。

氣味本身具有揮發性，只要空氣被攪動便會流動。最近一個禮拜長海餐廳裡人潮洶湧，走來走去的人群都已經將空氣攪成了熱帶氣旋。可這三種味道偏偏任性的待在自己的地盤裡，固態似的，甚至忽略了萬有引力。

不正常！太不正常了！

難道這些氣味，也被一種超自然的，人類肉眼看不到的能量控制著？可在一個餐廳裡遺留下幾種屁臭味，也值得用不符合等量交換原則的神秘力量去操縱。如果真有背後操縱者，那個操縱者的腦袋肯定是被驢踢過，已經傻了。

還是說，有些理由，並沒有被我所知？

我們三人同時沉默了許久，每個人都對餐廳中的事實摸不清頭緒。只是我直覺的覺得，這家餐廳的詭異事件，或許和陸芳夫妻家的秒殺案有些關聯。

根據經驗，一個城市不可能不斷地出現不同類型的詭異現象。兩件事肯定有某種關係！

可關係，到底在哪兒呢？

「妞妞，在社交工具中第一個張貼長海餐廳在鬧鬼的是誰，妳查得到嗎？」努力整理著思緒的我抬起頭，打破了寂靜。

既然一件事情發生了，傳開了，那就必定有傳播出去的路徑。七天前的長海餐廳其實早已無人問津，少有人光顧。那麼第一個傳播餐廳鬧鬼的傢伙，究竟是有意在傳播，還是僅僅只是將其作為一個獵奇事件在社交平台上炫耀。

這個問題值得探究一下。

「小事一件。」小蘿莉在電腦上查了查：「最早張貼這件事的是周城一中，一個叫做周紫芝的高中生。」

說起來社交網站還真是沒有任何的隱私，透過網路，妞妞幾乎將這個叫周紫芝的女孩的一切都挖掘出來。

「夜哥哥，這個女孩什麼都喜歡往社交平台發。今天她穿的是草莓內褲喔，挺可愛的。要不要看？要不要看？」妞妞炫耀的將電腦螢幕轉給我看。

「游雨靈，妳去試探一下這女孩，看她是不是知道些什麼。」我的語氣頓了頓，沒理妞妞。這六歲的小蘿莉，最近有事沒事就在策劃將我的嗜好取向朝蘿莉控方面掰，「妞妞，妳跟著雨靈姐。免得那位死路癡又迷路。」

「切！」妞妞一臉陰謀被識破的臭表情，十分遺憾，「那夜哥，你呢？」

「我繼續在餐廳裡蹲點，看看有沒有什麼其他的發現。」我淡淡道：「無論妳們倆有沒有收穫，今晚十點之前，咱們都在長海餐廳右側的巷子中集合。」

游雨靈吃了一驚，「夜兄，你想潛入這家餐廳？」

「不錯。」我斬釘截鐵的說，「這間餐廳肯定隱瞞了什麼。晚上夜深人靜，什麼人都沒有。如果真有人搞鬼的話，他們絕對會選擇在那個時間段出現。」

我根本就不信一個人隨隨便便放了幾個屁，臭味便能夠持續一個禮拜不散去。屁臭味中一定隱藏著某些秘密，或許是透過餐廳的空調系統擴散出去的。

如果調查餐廳的通風系統，說不定就能找到些許的蛛絲馬跡。畢竟氣味終究不可能超越質量守恆定律。揮發多少，就需要補充多少。

只要逮住補充三種屁臭味的傢伙，就能搞清楚長海餐廳到底發生了什麼事。

我的視線透過一旁的落地窗，射到了遠處的一處社區。這裡離周立群夫妻家並不遠，直線距離甚至不足一公里。兩件詭異的事情如此密集的出現在這一公里的範圍內，這不得不讓我懷疑。

究竟搞鬼的，是人，還是鬼！

從上午就開始霸佔著座位的我坐在長海餐廳中搜索一切能夠搜索到的訊息，一直到晚上關門。自始至終，我都沒有找到太多的線索。

坐了一整天的我，鼻腔已經被屁臭味侵襲，哪怕出了門呼吸著門外夜晚清新的空

氣，嘴裡依舊瀰漫著一種吃了屎的錯覺。

冰冷的氣息鑽入鼻孔，我猛地打了個噴嚏。揉了揉鼻子後這才掏出手機看了看時間。

長海餐廳晚上九點半關門，員工十點前就會全部離開。我溜進巷子中偷偷等待，沒多久，妞妞和游雨靈也在集合點跟我碰面。

當我的視線在陰暗的光線下落在兩人身上時，頓時吃了一驚。

「妳們怎麼搞的，掉糞坑裡了？」我撓了撓頭。這一大一小兩個女孩簡直無法用狼狽來形容了。衣服亂七八糟的，還散發著惡臭。特別是游雨靈，本來漂漂亮亮充滿靈氣的臉蛋被一層神秘的黑色物質覆蓋，完全看不出模樣來。

妞妞小大人般用力攙扶著腦袋，嘆氣道：「夜哥哥，我算是對游雨靈姐姐神一般的方向感佩服得五體投地。妞妞找到那個女高中生的住址後，明明開了導航，可游雨靈姐姐偏偏跟著箭頭走都能迷路。」

「哪有！」游雨靈臉上的黑色物質完全無法遮擋她懊悶羞紅的表情，「今天完全是撞鬼了。我雖然確實有一點路癡——」

「等等，妳那只叫有一點路癡？」小蘿莉尖叫著打斷她。

「好吧，確實是比『有一點』嚴重些。可平時也沒有像今天這樣沒方向感。每次我們路過紅綠燈時，交通號誌都會莫名其妙的跳成紅燈。我們要走的路線要麼被道路維修的牌子阻擋，要麼乾脆變成了莫須有的路。」游雨靈氣憤道：「妞妞，明明是妳的導航系統有問題。」

專業技能被懷疑，妞妞的聲音再次高昂了一度，「妞妞的技術可比游雨靈姐姐的方向感可靠多了。」

「可明明就是——」游雨靈還要辯解時，我不耐煩的出聲打斷兩人的爭吵：「所以說，那個叫做周紫芝的高中生，妳們找到了沒？」

兩個女孩頓時不約而同的啞巴了。

「夜哥哥，我手機的導航系統說不定真的出問題了。我們跟著導航走，無論是游雨靈姐姐拿著還是我拿著，好像遇到了鬼打牆似的，一直在繞圈子。最後我們乾脆叫了一輛計程車，到達時，周紫芝已經不見了。」妞妞小聲的說。

「不見了？」我皺了皺眉頭：「什麼意思？」

「就是字面上的意思唄，不見了。」游雨靈苦笑，「女孩的媽媽說前幾分鐘周紫芝才出門，準備去同學家過夜。」

小蘿莉接著說道：「就是就是，等我們趕去她朋友家，那個朋友說周紫芝還沒有到。於是我們就等，等了好幾個小時，她仍舊沒有出現。她就那麼從自己家到朋友家短短不足一公里的路上，失蹤了……」

「她家裡人已經報了警。」游雨靈說。

我眉頭皺得更緊了，「有意思。聽妳們的言下之意，似乎有一雙無形的手在拖延妳們的時間，阻礙妳們找周紫芝。而當妳們終於到達後，周紫芝已經失蹤了。真有這麼怪？」

游雨靈用右拳頭砸了砸左手掌，黑乎乎的臉頓時放出釋然的光彩，「夜兄，我就說這次不是因為我的路癡嘛。難怪一路上都覺得奇怪，原來是有一股冥冥中的力量在搞鬼。嗯！嗯！」

「游雨靈姐姐，妳還有臉說。如果不是因為妳走著走著掉進了下水道，我們根本不會耽擱那麼長的時間！」妞妞狠狠道：「那個下水道周圍密密麻麻的擺滿了無數個『小心跌落』的牌子，結果妳居然像是繞梅花樁一般，神奇的繞了進去，還剛好掉進孔裡。」

「那個是意外！」游雨靈「嗚嗚」的捂著臉，羞得無言以對。

「好了，夠了。」我再次打斷兩人，「究竟是誰，為什麼要阻擾妳們去找周紫芝？那女孩又為什麼失蹤？會不會和周立群夫妻家的怪事有關？」

妞妞點點小腦袋，「很有可能。我心裡也一直在犯嘀咕，今天的導航系統確實有問題。肯定有人入侵了我的手機系統。」

「也就是說，如果周城最近發生的一連串怪事都是有關聯的話。那麼那些關聯背後隱藏的黑手，已經注意到我們在調查了？」我將手叉在胸口，突然覺得自己等三人的處境開始變得危險起來。

如果那些人真注意到我們的存在，開始針對我們的話。事情真的會很不好辦。他們的手段我見識過，也暫時實在沒辦法防範。畢竟那些傢伙一直隱藏在數字世界的背後。沒辦法拽出來揍一頓。

唉，只能見一步走一步了。

「先偷溜進長海餐廳中，找找那些臭屁的源頭。」我沒再多想，領著妞妞和游雨靈朝餐廳右側巷子的深處走去。

游雨靈疑惑的看著幽深，且充滿惡臭味的小巷，「我們該怎麼進去？」

「我在餐廳裡可不是白坐一整天的。」我得意道：「現在就是見證奇蹟的時刻。」

我走到餐館的後門，輕輕敲了敲。後門頓時被小心翼翼的打開。一個戴著口罩的女孩看了我幾眼，沒有說話，幫我開門後就急匆匆的揮手示意我們趕快進去。

夜，在這個小城市中，自始至終飄蕩著一股詭異的氣息。隨著餐廳後門的開啟，屁臭味就隱約襲來，臭得讓人難以承受。

隨著那股奇異神秘的屁臭味一起湧來的，是我高漲的第六感。就在開門的一瞬間，我全身上下所有的毛孔都緊張起來，雞皮疙瘩冒了一層又一層。

似乎有什麼透過餐廳陰暗的夜色，偷偷的窺視著我們。那股視線冰冷而且邪惡，恨不得將我們所有人吞進五臟六腑中。

我裝作什麼也沒有發覺，自顧自的第一個走入了門內。

可心，卻早已沉入了谷底。如果說高中生周紫芝是第一個宣傳長海餐廳瀰漫著屁臭味的人，那麼她的失蹤，也就意味著，女孩肯定知道些什麼。甚至宣傳長海餐廳也是受人指使，又或是別有目的。

隱藏在周城暗處的潮湧，可不簡單咧。

這個城市的網路世界，究竟暗藏著些什麼？

第六章　神棍道士驅鬼

幫我們開門的服務生叫做周家姻，就是今天為我服務的女孩。周城據說大部分人都姓周，還真是名不虛傳。至少我在這個城市遇到的許多人，要嘛姓周，要嘛名字裡有個周字。

還真是個古怪的城市。

周城的網路也不簡單。這個小城市對遊客而言並不出名。但是在宅男甚至國內駭客界，確是赫赫有名。因為這座小城的網路速度全國第一，甚至比上韓國也不遑多讓。而這主要是因為周城有一家跨國網路企業。這家在美國那斯達克上市的龐大網路公司把整個周城打造成了超級高速網路之都。

這家網路公司的名字叫，四十大盜。嘖嘖，是個同周城一樣古怪的名字。擁有這種名字而且還能竄起的公司，還真是和周城潛伏的暗湧一樣不知所謂。

進入長海餐廳後，我們四個人打開了手機的手電筒功能。四束白色的 LED 燈光刺眼如刀，割得周圍的黑暗發出無聲的呻吟。

真實世界很奇怪，或許是因為人類本能的喜歡光明，所以黑暗總是怪異的，無論是黑暗中的醫院、辦公大樓還是學校。白天越是人潮洶湧的地方，夜晚越是陰森恐怖，彷彿空氣裡都充斥著肉眼看不到的可怕分子。

長海餐廳也不例外，甚至更為詭異，畢竟無光中，還伴隨著摧毀神經的屁臭。

「夜哥，才大半天而已，你就勾搭禍害了一隻小美女。我要到小姨的墳前告狀！」妞妞跟在後邊，瞅了瞅帶路的女服務生，又瞅了瞅我。

我瞪了她一眼，「噓，小聲點。」

見我不太在乎，小蘿莉哼哼了兩聲，「那我找李夢月姐姐和黎諾依姐姐告狀也行。她們倆一直叫我盯緊哥哥，這次肯定樂意給妞妞買好多好多，好漂亮的棒棒糖。」

我後脊一冷，連忙岔開話題，「我跟這個女服務生之間，只是單純的金錢關係。」

「喲，夜兄。看不出來你居然是這種人。」一旁的游雨靈也起鬨了：「男人說的金錢關係，通常和肉體關係脫不了干係。」

我轉頭瞪她，「妳這大半輩子住深山的路癡女從哪聽來的？」

「我爺爺講的。」路癡女道士理直氣壯的說：「我爺爺偷看隔壁女尼姑洗澡被逮到，被女尼姑罰款的時候，就經常教育我說這只是單純的金錢關係。」

啥？這啥意思？敢情游雨靈的爺爺跑去偷看女尼姑洗澡還不忘教育這女道士的理財觀？還有那個女尼姑，好像有什麼地方不對。喂喂，妳是佛門中人，都被鹹濕老頭偷看洗澡了，不狠狠朝他衰老的命根子踹幾腳，居然只有罰款。這樣真的好嗎？

我用手指扣了扣耳朵孔，全當沒有聽到。

帶路的女服務生咯咯大笑起來，「你們三個都好有趣啊。」

「姐姐，妳才有趣呢。」妞妞湊到叫周家姻的女服務生的長腿邊上，賣萌道：「姐姐，妳的大腿好長好白，一定是個好人。那邊那個哥哥給了妳什麼好處，讓妳這麼晚放我們進來？是不是說要對妳以身相許？」

女服務生一腦袋瀑布汗，「妳家哥哥說妳跟那邊那位小姐對我們餐廳的屁臭味很感興趣，想晚上進廚房參觀一下。他可是給了我好多好多的小費，一不小心我就答應了。」

「切。」小蘿莉咬著嘴唇，一臉八卦心得不到滿足的欲求不滿表情。

「這個小妹妹，人似乎有些可怕。」周家姻偷偷湊過來，怕怕的小聲對我說。

「習慣了就好。」我苦笑。小蘿莉妞妞外表雖然可愛，但其實她早熟且腹黑，就跟她的智商一樣可怕。最近自己可是太瞭解她的秉性了。

不過這傢伙，倒是和路癡、甚至有些天然呆的女道士游雨靈棋逢對手。兩個人一天到晚吵吵嚷嚷，爭個不停。誰也沒辦法贏誰。這樣也好，否則妞妞怎麼從母親失蹤，小姨時悅穎死亡的陰影中走出來，這確實會成為我頭痛的大問題。

這樣，真的很好。

妞妞很懂事，也很堅強。

我看著又和游雨靈爭吵起來的妞妞的側臉，不由得心裡一軟。

「你怎麼了？」女服務生伸出手在我眼前晃了晃，咳嗽了幾聲道：「總之本小姐也不想再繼續在這家臭得要死的餐廳幹下去了，再加上你給了我那麼多小費。而且，本小姐也看你比較順眼，就帶你們好好參觀一下吧。」

聽到這番導遊般的話，妞妞和游雨靈立刻就安靜了下來。她們雖然湊在一起就經常喋喋不休，但在重要的事情上，還是能分得清輕重。

「這家餐廳是一個禮拜前突然瀰漫起屁臭味的，至於來源，至今不詳。」周家姻一邊介紹，一邊帶著我們朝裡走。

長海餐廳不大，但是和其他餐廳一樣，分為外部和內部。外部是所有客人進入餐廳後看到的全部，明淨的桌椅、漂亮的地板，擦拭得乾乾淨淨的玻璃牆。而內部，卻往往沒有外部乾淨簡約，甚至稍顯骯髒。

餐廳內部分為好幾個區域。廚房區、員工休息區以及倉儲區。由於餐廳蕭條了好一陣子，直到最近才又爆紅，所以倉儲區裡並沒有儲藏太多的原料。

「這裡是倉儲區。離餐廳外場最遠，所以比較聞不到屁臭味。」周家姻打開儲藏區的薄木門，我們三人朝裡邊瞅了瞅，裡邊只有原料的腐敗味，確實聞不到屁臭味。

「接下來是員工休息區。」女服務生帶我們往前走了幾步。員工休息區很小，裡邊只有幾個櫃子，甚至沒辦法容納我們四個人。

這裡也是一目了然，並不屬於屁臭味的來源。畢竟那股噁心屁臭味只有很用力才能聞到。

「最後是廚房區。這裡最難待。」服務生用力揉了揉鼻子：「整天從這兒到外場間往來，我早就受不了了！而且最近兩天，自己周圍的屁臭味似乎比別的地方濃，弄得我一陣頭暈目眩。」

廚房區亂七八糟的，或許是廚師比較少，最近客人又多，所以鍋碗瓢盆都沒有好好地清潔。甚至連地面都泛著一層油光，看起來滑溜溜的，似乎一不小心就會摔倒在地。

我們仔細的打量著周圍環境，什麼異常也沒瞅出來。

周家姻很聰明，「我看，你們三位又是些懷抱著偵探夢，想找出屁臭味來源的神經病吧？」

「對啊，對啊。」游雨靈天然呆的用力點頭。喂喂，妳這傢伙太容易被人套話了吧。而且，人家都叫我們神經病了，妳還給老子承認！

女服務生笑嘻嘻道：「屁臭味出現的前幾天，很多像你們一樣的神經病賄賂服務生夜裡潛入餐廳找原因。我們可沒有少賺。不過，都沒有人找到異常。無論是通風管道，還是地板，還有牆壁。那些人都找過，什麼都找不到。」

「那股屁臭味，彷彿作用在人類神經裡一般。沒有來由，沒有來源。如果不是氣味探測器能夠探測到，說不定它真的只是幻覺而已。而且，我總覺得屁臭味似乎有生命，在陰暗潮濕的地方，死死的看著我們的一舉一動。」

她的視線環顧了四周一眼，不由得打了個冷顫，臉上浮現出恐懼的表情，「總之明天是我最後一天上班，你們隨便看，隨便摸，隨便找，算是給你們的福利！」

「噢耶，謝謝姐姐。」妞妞賣萌的表情十足，挽起袖子開始找起來。

我們三個真的用盡各種方法，在這家瀰漫著屁臭味的長海餐廳裡玩起了找碴遊戲。結果花了一整晚，什麼線索也沒有找到。

情理之中，也在情理之外。

凌晨兩點半，我搖了搖腦袋，最終決定拖著沉重不堪的身體回酒店。小小的睡了一覺後，第二天一早，完全不死心的我們三人又跑到長海餐廳去蹲點。

剛到餐廳門口，就看到了異常稀奇的好戲！

一個身穿黃色道袍，滿臉嚴肅，嘴裡不停嘀嘀咕咕著什麼的中年道士在一個身材枯槁，看起來十分猥褻的老頭的帶領下，想要強行進入長海餐廳的大門。

而玻璃門前，一個穿著舊西裝的中年男人擋住門口，死活都不讓他們進去。

道士也沒閒著，在老頭和西裝男的爭吵中，一邊在餐廳門口焚香燒紙錢，一邊敬業的用桃木劍在空中畫符咒。

「哇靠，這是演哪齣啊？」看不出游雨靈極有八卦天賦，她眼睛都發亮了。不知從哪裡掏出一包薯片，一邊看戲，一邊和妞妞嗑得不亦樂乎。看到道士畫符，還樂呵呵的點評道：「這個神棍有練過喔，他畫符還是算畫得中規中矩，就是筆劃順序都錯了。」

「帥哥，你們三個又來了？記得多給我點小費啊。」周家姻透過餐廳玻璃看到了我們，笑嘻嘻的跑出來透氣，「好心替你們介紹一下吧。那個穿西裝的男人，是我們長海餐廳的老闆。猥褻老頭是房東。他是個壞人，經常跑餐廳來白吃白喝不給錢，還厚著臉皮雙眼放出淫光看女服務生的裙底，我就被他抓過屁股。死老頭！」

女服務生氣憤道：「等著看好戲吧，哼哼，最好混蛋老闆將鹹濕死老頭揍一頓替我們出氣。」

「姐姐。」妞妞故意眨巴著眼睛，問：「他們究竟在幹嘛啊？妞妞看不懂。」

「很簡單啊。猥褻房東覺得自己的門面兒散發出屁臭味很晦氣，是靈異現象，所以找了個道士進去驅鬼。」周家姻咯咯笑道：「老闆自然不肯，咱們長海餐廳可就是靠著這屁臭味吸引目光才爆紅起來。雖然不知道能紅多久，但是老闆已經抱著能回一點本錢就賺一點的心思，誰敢提出弄掉餐廳特色的屁臭味，他就跟誰拚命。」

我摸著下巴：「誰都不是省油的燈。」

「可不是！」女服務生指了指門口，「你看，最終還是猥褻房東厲害，人家人多。快要闖進去了。」

房東一家人都撲了上去，一群人高馬大的成年男子罵罵咧咧的將餐廳老闆摺倒，扔到一旁。

老闆使勁兒抵抗著，奈何他單槍匹馬，餐廳裡員工也沒人來支援。看來這傢伙平時做人也好不到哪兒去。

神棍道士唸唸叨叨的雙手緊握桃木劍，劍尖上插了幾張燃燒的符紙，熊熊火焰熾烈燻烤著周圍的空氣。

「進去看熱鬧不？」周家姻見我們看得目不轉睛，提議道：「門口進不去，我可以帶你們走員工通道。」

我們當然是巴不得，順勢就答應了。從後門進入員工通道，等進入餐廳大廳後，房東一群人才剛剛經過大門，走進餐廳內。

「哇，有鬼！這隻鬼的法力好強大！不知道有幾千年的道行，戾氣十足！」神棍道士突然大喝一聲，滿臉表情驚悚。

隨著他的喊叫，房東等人的臉色大變。只見插在桃木劍上的符紙，本來橘紅的火焰赫然更加炙熱起來。火焰的顏色甚至泛著烏藍色！

就連游雨靈看戲的表情也變了，毛骨悚然道：「烏藍色的火焰，那是有厲鬼的表徵啊！難道這裡真有厲鬼作祟！」

「鬼妳個大頭鬼！」我沒好氣的在她腦袋上敲一下：「妳給我用大腦仔細想想。喔，對了，差點忘了，妳沒受過基礎的物理教育。」

「可是，可是火焰都變顏色了哇。它可是變色了！」女道士委屈的摸著被敲痛的頭。

「廢話，屁本來就是可燃氣體。在進大門的地方，可是蘊含著大量的硫化氫。硫化氫被火焰燃燒後，就會產生藍色膨脹體。」我不屑的解釋道：「信不信，那個神棍道士如果再往前走幾步，就會燒到甲硫醇，他桃木劍上的火焰，會變成青烏色。」

果然，等道士走到了餐廳的中段，劍上的火焰又是一跳。顏色整個變成了烏青，看得人頭皮發麻。

「好凶厲的鬼，好強的怨氣。」神棍道士金黃的道袍隨風一鼓脹，看起來確實有一股世外高人、降妖伏魔的氣勢：「看來我要用盡幾十年的珍藏功力，才能對付它了！」

我撇撇嘴。「這傢伙再往前，就會碰到二甲基硫醚。這種化學氣體可不簡單，嘿嘿。妳們等著看吧，有得他受的。」

神棍道士一步一個腳印，似乎餐廳四面八方有無數無形的大氣密集的擠壓他。他走得極為艱難。好不容易終於才走到了離我們大約幾公尺遠的位置。

「大家低頭！」我低聲叫道。

妞妞等人都乖乖的低下腦袋。只聽「啪」的一聲巨響，一陣狂風掃過。等我們再抬起頭時，道士已經一身殘破的倒在地上。

他手上的桃木劍爆炸了，嶄新的金黃道服如破布般，一絲一絲襤褸的掛在身上。道士瞪大了雙眼，乾吼了幾句，「無量壽佛，本道士還是功力不夠哇。恕本道士無能，無法祛除這隻惡鬼。只能窺探到一丁點真相！」

他死死拽著房東的手，「Wi-Fi，這家餐廳的 Wi-Fi 居然沒有設密碼。餐廳附近的所有孤魂野鬼，都跑來白用網路了！」

滿餐廳的人聽到道士冒出這句話，頓時全都一腦袋的黑線。

道士直愣愣的瞪大雙眼，空虛的望著天花板。眼睛閉上後，突然又想起了什麼，掙扎著再次睜開，大喊了一句，「無量壽佛！尾款，你就只付一半吧。」

說完，他整個人這才安心的暈過去。

房東一行人顯然迷信得不得了，嚇得屁滾尿流，連忙抬著暈倒的道士灰溜溜的逃跑了。

「哇，好可怕，桃木劍都爆了。」游雨靈打了個冷顫，「本道姑還是第一次見到這種情況。」

我卻呆坐在座位上，整個人都愣住了。怪了，這是怎麼回事？這，怎麼可能！

「哥哥，你怎麼了？」妞妞擔心的搖著我：「不會被剛剛的爆炸震傻了吧？」

「妳才傻了。」我瞪了她一眼，只感覺一股惡寒縈繞在內心深處，「太不可思議了。

雖然二甲基硫醚確實會爆炸，但絕對不可能像剛剛那樣爆炸得如此熾烈。餐廳裡可是有抽菸席的，一個禮拜來，從來沒有人在屁臭味的環境裡因為用打火機抽菸而令二甲基硫醚爆炸。」

自己本來判斷這個道士的火焰可能會在二甲基硫醚中突然發生一小串的爆裂，然後桃木劍上的火焰就會熄滅。可怎麼發生了如此強烈的爆炸效應？

除非空氣裡的二甲基硫醚在突然之間濃烈了一千倍。

自己的眉頭皺得越發深了，無論如何，總覺得很在意。我抬起頭，看了妞妞一眼：「妞妞，剛剛妳一直在用手機拍攝。能不能將影片傳進電腦裡，緩慢的重播一次？」

「小意思。」小蘿莉點點頭，按照我的要求處理起影片來。

當我看到桃木劍爆炸的段落時，猛然大叫了一聲，「停！」

終於，我終於猜到那三股屁臭味的來源了。終於，我算是明白那三股屁臭味為何不會混在一起了。可這個想法，卻令自己更加驚悚不已。

「我去電腦用品店一趟，買樣東西。妳們留在這裡觀察情況！」我不敢多停留，迫不及待的衝出了長海餐廳。

只留下妞妞和游雨靈兩人面面相覷。

第七章 陰暗的網路世界

現代人，其實早已經無法離開 Wi-Fi 了。

這種可以將個人電腦、手持設備等終端以無線方式互相連接的技術，本質上是一種高頻無線電信號，肉眼是無論如何也無法看到的。

可是我卻從那個冒牌道士的話中，嗅到一股說不清道不明的陰謀味。

「那個道士說得沒有錯，長海餐廳的 Wi-Fi 有問題。」當我半個多小時後，從電腦用品店回來時，開口說的第一句話，就是這麼令人摸不著頭腦的一句。

妞妞和游雨靈頓時不解起來。

「哥哥，哥哥，你不會是認真的吧？那個道士明明在胡說八道，就算 Wi-Fi 真沒有設密碼，餐廳也頂多有些初級的安全隱患。畢竟真正的駭客，無論你的網路有沒有密碼，要駭進去都是輕而易舉的。」妞妞搖了搖腦袋，顯然不太相信。

我從口袋裡掏出一個手持式電子設備，「那我們就試試吧。這個小城市果然不愧為國內網路界的翹楚，電子儀器非常全，什麼都能買到。」

自己手裡拿的是一台可以為 Wi-Fi 信號畫範圍地圖的設備，很冷門，也很難買到。但這個小城市由於「四十大盜」這間公司的緣故，任何冷門的網路設備都能找到。

Wi-Fi無處不在，但又無聲無息，無跡可尋。雖然Wi-Fi這東西，能令人類方便的獲得全世界的訊息。但很少有人知道Wi-Fi到底是什麼，更不用說Wi-Fi的真實面目了。

因為人類的眼睛，看不到Wi-Fi。哪怕用我手裡的儀器也不行，只能借用儀器的地圖功能，為長海餐廳的Wi-Fi畫出範圍圖像。

「游雨靈，妳拿著氣味探測器跟在我身旁。我走一步，妳就走一步，不要多走，也不要少走。儘量跟我同步。」我吩咐路癡女道士。

「夜兄，你放心。」女道士認真的回答。她走在我的右側，看著我的腳，一眨不眨的。我邁步，她就以相同的距離跨了一步。

就這樣，我手裡拿著Wi-Fi探測器，她手裡捧著氣味偵測儀。兩人以極為怪異的姿勢，在餐廳顧客古怪的目光中，將長海餐廳從頭到尾走了一圈。

之後，將兩種設備的數據傳入妞妞的電腦中。

「妞妞，弄一個程式出來。分析這兩種設備的圖形數據。」我摸了摸小蘿莉的頭。

小蘿莉不滿的嘀咕著，「又要弄程式。哥哥，妳都快把我當死狗程序猿（程式員）了，還是不發薪水的那種。而且，而且，氣味和Wi-Fi，根本是兩種八竿子打不到一塊兒的數據，幹嘛我們要多此一舉的分析……」

她一邊抱怨，一邊按照我的要求建構程式。沒等天才少女抱怨完，她建構的程式居然已經將數據分析弄完了。

看完數據的第一眼，妞妞整個人都呆愣在原地。甚至連姿勢都保持著一秒前的模樣，僵硬得無法動彈。

「不可能，不可能出現這種狀況！一點也不科學！」她突然渾身發冷，抱著胳膊不停的抖。

游雨靈也湊過腦袋，瞅了瞅。這個滿腦袋迷信思想的女道士雖然不太看得懂那一排排的數據，但卻看清楚了旁邊的圖。

長海餐廳的三種屁臭味，詭異的跟餐廳中三台無線路由器發射出的 Wi-Fi 信號重合在一起。

「哇，有鬼！」路癡女嚇得猛地向後退了好幾步。似乎灌入鼻腔中那股本就神秘的屁臭味，變得更加詭異起來。

我也看著數據，看完後，深深的嘆了口氣：「果然如此。」

「哥哥，這到底是怎麼回事？」妞妞艱難的轉過頭，望向我。小小的她，眼中全是恐懼。

一股風不知從哪裡吹過來，凍徹心腑。

自己的心更為沉重，緩緩道：「從數據分析。長海餐廳中突然出現的屁臭味，是由三台路由器控制的。屁臭味的範圍，跟路由器的 Wi-Fi 信號一模一樣。信號好的地方，屁臭味就濃烈。信號弱的地方，屁臭味就淡。怪了，難道我們鼻子裡聞到的氣味，也是因為路由器 Wi-Fi 訊號刺激的結果？」

不對！自己暗自搖了搖腦袋。不可能是因為訊號的緣故。雖然有科學證明，電信訊號確實能夠刺激鼻腔，令大腦產生聞到某種氣味的錯覺。可這種人類嗅覺的錯誤，並不會被氣味分析儀捕捉到。

現在的問題是，氣味分析儀能夠明確的識別長海餐廳的屁臭味。而且透過剛剛的實驗，自己唯一能證明的，也只有有人正透過 Wi-Fi 控制餐廳中三種屁臭味的分布。恐怕剛剛假道士的桃木劍爆炸，就是那個隱藏在 Wi-Fi 背後的傢伙，將二甲基硫醚的濃度猛地調高了一千多倍。

但是這樣一來，問題又來了。

那個傢伙，做如此無聊的事情，究竟想要幹嘛？

我摸了摸太陽穴，百思不得其解。只是一想到這間餐廳正被監控，餐廳裡所有人的一舉一動都被偷偷窺視著。自己就渾身不舒服。

忙碌的服務生周家姻從工作區出來，手裡捧著我們點的食物。她一直皺著眉頭似乎有些難受。

「帥哥，你們有沒有覺得，周圍的屁臭味更濃了。比平時濃很多。」女孩好像覺得很痛苦似的，放下餐盤後，不停用手搧著鼻子周圍的空氣。

妞妞搖頭，「不覺得啊。姐姐，妳都聞了這氣味一個禮拜了，應該早習慣了才對。」

「本來是習慣了。可是自從那個死道士被抬走後，我就覺著這怪味變得更臭。臭死了！臭死了！」周家姻很煩躁，她小口小口的呼吸著周圍的空氣，恨恨的抱怨，「幸好今天是最後一天上班。等中午交班，混蛋老闆結算我的薪水後，我再也不踏進這家餐廳一步。這鬼地方太邪門了！」

說著她就轉身小步離開。

我的眼皮猛地跳了幾下，急促的問：「妳們看到沒有？」

「看到什麼？」游雨靈和妞妞異口同聲的問。

我沒有回答，只是以極快的速度拿起氣味偵測器和 Wi-Fi 探測儀。兩台儀器都對準了周家姻的背影。

就在這時，兩台儀器突然都發出了尖銳刺耳的警示聲。

這一次，輪到我整個人吃驚的呆住了。

只見氣味偵測器上的數據爆表，居然超過了正常的偵測值。而 Wi-Fi 探測儀上的顯示，整台路由器。不，應該是控制著三種屁臭味的三台路由器，全都超載運行。大量的 Wi-Fi 信號竟然像活了過來，不停的朝周家姻湧去。

該死，這世界到底怎麼了？為什麼 Wi-Fi 信號會追著人跑？它到底想對那個女服務生做什麼？

周家姻顯然覺得周圍的空氣變得更加的臭了，臭不可聞。她的背不停地抽著，雙手也不停往四周空搧，彷彿想要將附近的屁臭味揮掉。

見我臉色慘白，感覺不對勁的游雨靈以及妞妞也伸出頭，往我手上的兩部儀器看過來。

「不可能！」小蘿莉眼睛不停的閃爍，一臉難以置信。

女道士吃了一驚後，反而先開口了：「服務生，那邊的服務生！」

「嗯，美女，妳還要點什麼嗎？」走了不遠的周家姻轉過頭來，望向我們。她白皙的臉已經發青，似乎有中毒的跡象。可這個女孩似乎根本就沒有察覺到，還一邊跟我們說話，一邊仍舊不停的用手搧風，試圖讓身旁的空氣品質變好些。

兩台儀器上，她四周的 Wi-Fi 信號以及屁臭味，正在持續加強。這短短幾秒鐘的工夫，就從警戒值跳到不可測數值。兩者的濃度已經明顯可以對人體造成傷害了。

女孩的眼皮在不停的發抖，黑色的長直髮也因為空氣中靜電的緣故而變得蓬鬆起來。據說 Wi-Fi 這種無線訊號，如果強大到了一定的程度，就會產生靜電。這種據說，居然在我們眼前出現了。

濃烈的臭味在濃縮，由於全都飄到了周家姻身旁，我們鼻子旁邊的屁臭味反而變得越來越淡。這些全都是不好的訊號。

那些無法探測來源，只曉得是被 Wi-Fi 控制著的屁臭味，從本質來說，本就是有毒氣體。浸入超濃度有毒氣體的女孩身體，逐漸出現了更多的中毒反應。

我不敢再遲疑，立刻飛身撲過去，試圖將女孩拉出餐廳，將她遠遠的拉到 Wi-Fi 信號無法觸及的位置。

可自己剛一接觸到周家姻的身體，這個女孩就猛地倒了下去。她羊癲瘋般不停的顫抖，口吐白沫。

我在她身旁，能夠感覺到高濃度的有毒化學物以及靜電反應。空氣裡的靜電已經高到將氣味具體化，把無形的氣體慢慢的逼出了若隱若現的顏色。

長海餐廳最內部的一角，出現了這詭異的一幕。一團青綠色的極為透明的 Wi-Fi 訊號，就那麼籠罩在一個暈倒的女服務生腦袋上。

風吹不散，猶如固體。看得人通體發涼！

「妞妞，去拔掉餐廳總電源。」一個小小的柔弱女孩的身體而已，最多不過四十多公斤。可倒在地上的周家姻居然顯得無比沉重，無論我怎麼拖，都拖不動。彷彿空氣中那青綠色的 Wi-Fi 訊號是一隻怪物的手，緊緊的將女孩拽住，死都不鬆。

無計可施的情況下，我朝妞妞喊了一聲後，又對著游雨靈叫道：「雨靈，打求救電話。」

女孩的抽搐開始從激烈變得緩慢，我一直在跟空氣裡的 Wi-Fi 搶奪她的主導權。可是我輸了，自己根本沒辦法移動女孩的身體。

濃烈的青綠顏色在靜電中不停的擴散著電火花，似乎想要順著嘴巴進入女孩的身體。可是就在那團帶顏色的靜電剛侵入周家姻的五孔時，長海餐廳天花板上的燈猛地熄滅了。

整間餐廳陷入昏黃，只剩落地窗外陽光的顏色流瀉入廳內，顯得陰暗潮濕，而且無比冰冷。

三台 Wi-Fi 路由器由於失去了電力供應，空氣中擴散的靜電頓時散去，連帶著四周瀰漫了一個多禮拜的三種屁臭味也消失得一乾二淨。

在停電的那一刻，靜電爆炸、氣味散落，竟然在一剎那發出了一道刺耳的嘶吼尖叫，彷彿是什麼東西受傷後的憤怒吼聲。

我們三人呆在原地，好久都沒有緩過神來。

「聽到沒有？」窗外的陽光，似乎比空氣還陰森。我用力吞下一口唾液，艱難的問。

跑回來的妞妞和游雨靈同時點頭，「剛剛好像有一種山裡的野獸被槍打中的怪叫？難道是錯覺？」

我搖了搖腦袋，半晌沒有說話。

聲音太清晰了，根本不可能是錯覺。那 Wi-Fi 信號，難道真的有生命？它攻擊周家姻，卻因為妞妞及時關閉了總電源，失去了能量，反而因此受傷了？

可 Wi-Fi 只是高頻無線電訊號而已，怎麼可能有什麼生命？這實在是太古怪了！

救護車十幾分鐘後才抵達，我用盡了所有的急救手段，才勉強保住周家姻的心跳。當她被送上救護車前，自己翻了一下女孩的眼皮。她眼睛下方的瞳孔緊縮，白眼翻得厲害。這是腦部受傷的跡象。

當長海餐廳的老闆罵罵咧咧的打開總電源後，所有人又驚了一下。瀰漫了一個禮拜的屁臭味，居然在餐廳中消失一空，再也找不到痕跡，彷彿根本沒有出現過似的。

不管餐廳老闆哭喪著的臉，我卻感覺線索似乎又斷了。

三人悶悶的回到酒店整理了一下資料，自己突然覺得最近幾天發生的一切，不只莫名其妙到令人摸不著頭腦，甚至透著一股難以理解的腐臭氣息。

發生在周立群夫妻家的秒殺事件。

發生在長海餐廳的由 Wi-Fi 控制的屁臭味攻擊事件。

兩者似乎都是有人藉由網路在暗地裡幹著某種可怕的勾當。隱藏在網路世界背後的傢伙，到底想要幹嘛？

我皺著眉頭，始終還是覺得先查查那個第一個為長海餐廳發微博宣傳，昨天突然失蹤的高中女生比較好。

至少，應該從頭將發生在周市的詭異事件，理出個頭緒來。

小城市的午後，總是微涼的。無論是天氣，還是人心。

我坐在酒店的落地窗前，一邊看著窗外來來往往的人群，一邊緩慢的在平板電腦上整理資料。周城最近很不平靜，否則我也不會被楊俊飛那個老混蛋派過來。

自己入住的酒店其實離長海餐廳並不遠，由於住的樓層比較高，透過眼前的落地窗，甚至能遠遠的看見餐廳的大門。

三種離奇的屁臭味散去後，人氣很旺的長海餐廳頓時一落千丈。人類的品味在這個疲倦不堪的世界裡，果然古怪得一塌糊塗。餐廳老闆一身淒涼的抬了張凳子，坐在門口，孤零零的看著門前人來人往。

在這個時代，臉書、微博、微信、朋友圈等社交網路只需要一秒鐘，就能將訊息傳遞到世界各地。所以長海餐廳再也沒有屁臭味的消息，自然早就在這個小城市傳開。

小餐廳，恢復到普通的落魄無人氣餐廳模樣。只剩失魂落魄的老闆，在焦慮著未來。

我看了幾眼後，收回視線，將注意力集中在平板螢幕的資料上。

周城發生的第一件怪事，要從一個半月前說起。

根據楊俊飛偵探社收集的資料，當時一個叫做周賈的普通職員，在某棟大樓離奇自殺了。或許說自殺有些古怪，畢竟他究竟是不是自殺，甚至在轄區警局內部，都還有許多頗為爭議的地方。

周賈的跳樓點位於離家不遠的希捷大廈。由於巨無霸網路公司「四十大盜」位於這座城市。而「四十大盜」本就是一家大到恐怖的網路購物平台，近水樓台先得月，周城的辦公大樓自然行情看俏。所以當初希捷大廈也並不是閒置大樓，甚至可以說，直到一個半月前，都不是閒置大樓。

可不知為何，短短幾天工夫。整棟大廈出現了許許多多的問題，先是中央空調風道中發出怪異的猶如從地獄中傳來的可怕尖叫聲。之後電力供應也出了問題，隨時都會沒有任何徵兆的大規模斷電。

更有甚者，這座大廈每一家公司乃至於樓上住戶的每一台電腦，都出現被人入侵的現象。不管多嚴密的防火牆，都會在瞬間被人攻破。公司管理帳戶中的資金被竊，數據被刪除。一時間所有人都變得人心惶惶起來。

如果是單純的網路攻擊，那麼藉由網路層面處理效果比較好。本來網路犯罪的處理程序也和刑事犯罪的處理程序不一樣，屬於前期需要自行觀察收集證據的。

可沒多久，希捷大廈的公司老闆以及員工甚至居民就發現，這種現象似乎只出現在這棟大廈中。當他們陸續報警後，這個疑惑就更加濃了。

希捷大廈彷彿整棟樓都鬧鬼般。猶如黑洞，不停的偷竊吸食著大廈中所有公司以及住戶的電力、網路、營運資金和數據。當偶然有人將電腦帶離大樓，數據居然就安全了。

這簡直是不可思議的現象。

畢竟藉由網路而來的攻擊，只要連上網，就會持續被幕後駭客劫持，根本不可能出現一出大樓，就安全的現象。現在的狀況顯然不太對勁兒。一切的一切彷彿都在指出，希捷大廈真的出了問題。

或許是某個駭客出於某種原因，進行了地域範圍的攻擊。

那個駭客極為高明，哪怕報警也無濟於事。希捷大廈中所有的公司最終只有無奈的將辦公室遷出。所以在短短的十天內，本來極為熱門的，位於市中心的辦公大樓，就空了下來。

只剩下底樓幾家沒有連接網路的店面，以及樓上的居民住戶沒有離開。

周賈跟希捷大廈，根本八竿子打不在一塊兒。他的公司在東城區，也並不屬於網路行業。可這傢伙，偏偏死在這裡。最怪異的是，他死前的疑點很多。

警方好不容易才找到周賈的跳樓點。是十樓最裡面的屋子，1003。那個單位雖然是住宅用，但有些小公司鑽空子。將公寓當成了辦公室。受到鬧鬼網路的影響，搬空並不久。

怪異的是，房間地上卻堆滿了灰塵彷彿許久都沒有人住過。而更可怕的是，地面上堆積的灰塵，有一大半浮土都傾向了靠窗的位置。

彷彿整棟樓傾斜過。

這種事根本就不可能，最近也沒發生過地震。所以浮土為什麼會朝窗戶的角落傾斜，警方至今也沒法解釋。更何況，周賈死亡前雙手併攏，呈現死死抓住某種東西的跡象。而十樓房間的窗戶上，也留下了他的指紋以及血液。

這點證明周賈根本就不想死。畢竟哪個想要自殺的傢伙，臨死前還拚命的拽住窗戶呢？

但同樣的，也沒任何證據證明，是他殺。

一個案子疑點太多，就會變成懸案。

只是這種懸案，在周城才只是剛剛開始罷了。其後的一個多月，有許多人離奇死亡。例如周立群夫妻倆的死亡，以及長海餐廳女服務生周家姻的腦部受損。這些僅僅只是最近發生在周城詭異案件中的其中之一罷了。

我一邊思索，一邊看資料。突然坐在一旁的妞妞，驚喜的歡呼了一聲。

「怎麼了？」我抬頭問。

高智商蘿莉先是皺了皺眉頭，「哥哥，那個叫周紫芝的高中生。她的資料似乎在網路上被什麼人篡改過。」

「被人篡改了？被誰？為什麼？」我疑惑道。

「解釋起來很麻煩，總之那個人絕對是高手。而且，肯定是一個人數不少的駭客集團。但是妞妞已經用程式將篡改過的地方一一復原。之後重新搜索了周城有關她的交際網路以及網路痕跡後，我發現……」妞妞眼睛一亮，咯咯笑道：「這個周紫芝的生活，可一點都不簡單喔。」

小蘿莉一臉「快誇獎我」的得意表情，並將電腦螢幕轉過來給我看。

我剛看了幾眼，就頭痛的揉了揉太陽穴。果然，這位叫做周紫芝的高中生，確實很複雜。複雜到或許就連她的父母，都不知道她究竟在從事什麼樣的行業。

拋開從前糜爛的生活不說。單說現在而今眼下，周紫芝，幹起了網路測友師！

第八章 恐怖協議

生活從來都不是用來妥協的！你退縮得越多，讓你喘息的空間就越少；日子不是用來將就的，你表現得越卑微，一些幸福的東西就會離你越遠。人往高處走是人生追求，心往低處走是追求人生。

人生的幸福莫過於做自己想做的事，愛自己該愛之人，並且對未來充滿期待。

這是不知從何開始，流行於各大社交媒體的所謂的偽名言。這類偽哲學，似是而非。不過就因為這種似是而非，反而能令更多人轉發，甚至深信。

無疑，就讀於周城第三高中的高三生周紫芝就是絕對相信這一大串偽哲學的人。她的朋友圈裡轉發著大量的心靈雞湯。與之相對的，是她一味追求物質的強悍決心。

一個高中生，為什麼會有那麼強烈的物質需求？從她的網路痕跡中，我跟妞妞也沒有瞧出原因。只知道，最近這位拜金女高中生，從援助交際這行，跳到了網路測友師那行。

擁有援助交際從業經歷的她，經驗豐富，甚至在網路測友師的圈子裡，小有名氣。

在這個網路世界，一切都皆有可能。所謂的網路測友師究竟是怎樣的一種行業？

其實說穿了，也一丁點都不神秘。

在《西遊記》裡觀音、文殊用化身美人以身相許的方法試探唐僧師徒西天取經的決心，最終，動了凡心的八戒被「珍珠衫」縛住，吊在天花板上。

這樣仙人化身「測試」凡人的橋段，在小說戲劇、民間故事中不勝枚舉，而現在，網路社交工具將這樣的「法力」普及開來。

只需要一個麥當勞漢堡的價錢就能在網路上購買一份男友或者女友忠誠度的測試服務。而「四十大盜」正是這種忠誠度測試最有力的購買平台。

周紫芝入行不久，經常用手機接單。妞妞駭進了「四十大盜」的資料庫，獲取了關於她的大量訊息以及聊天紀錄。所以才能清晰的還原這件匪夷所思的怪事。

這個高三生，加入的是一家名為「萬箭穿心滅渣男」的網路公司。公司的名字取得很有藝術感，一聽就知道老闆是位女性，而且感情經歷必定受過嚴重傷害。最終她化悲憤為力量，將痛楚轉化為創業靈感，諸如此類的創業歷史。

「萬箭穿心滅渣男」網路公司的員工也很有特色。周紫芝的員工編號為13號，不是個吉利的數字。公司只有女職員，也只接針對男性、幫助女性的單子。

這家公司的辦公室，曾經位於希捷大廈三樓B17。不過一個半月前就已經搬走了。

「萬箭穿心滅渣男」的公司資料顯示，公司專營渣男測試。當然，由於情商比較高，經驗也很豐富。所以周紫芝也瞞著公司接一些虛擬女友的業務。

每個客戶下單後，「萬箭穿心滅渣男」的老闆娘都會把訂單發布到公司內部的工作群，訂單內容包括測試對象的基本資料、需要測試的問題以及客戶需要的測試者條件。

而工作群裡活躍著的員工，也分了等級的。不過所謂的等級，採用的是戲謔的方式，用時下流行的清宮劇中後宮嬪妃的稱呼，以接任務和成功次數依次往下排列——正超品：皇后，正一品：皇貴妃，從一品：貴妃，庶一品：夫人，業績最差的是：貴嬪。

周紫芝進公司不久，屬於新人，也是公司年齡最小的。但這傢伙是個人精，臉蛋也頗為漂亮，所以等級已經竄到「貴妃」出頭了。

訂單在群中發布後，各員工就會根據自己的情況「搶單」。一旦「搶單」成功，員工就成了客戶的臨時「閨蜜」，會按照客戶提供的資訊，透過網路社交工具對被測試對象進行赤裸裸的「引誘」。

事實證明，用「釣魚」的方式來驗證，之所以被各國政府部門所喜好甚至屢禁不止是有道理的。畢竟這種方法的成本最低，效果最好。

對方在兩性關係中的忠誠度，其實也沒有忠貞的愛情故事描繪的那麼美麗動人。只需要一張甚至不是本人的漂亮照片，幾句誘惑的話，就能將赤裸裸的真相釣出來。

臨時「閨蜜」們可提供的服務包括文字、語音、影片等，不同的套餐價格從幾元到幾十元不等。

「萬箭穿心滅渣男」的公司文化採取的是員工自我負責制度。各路嬪妃們不需要聽從客戶的安排指揮，甚至可以不擇手段，只需要達到目的就可以了。

那一天，周紫芝一邊上課，一邊將手機藏在課桌下和幾個工作中的姐妹聊八卦。工作群中，老闆娘突然丟了一個單子過來。

是張大單。單子直接買了最高等級，八萬八千八百八十八的金額。就是這張單子，在工作群裡掀起了軒然大波。要知道平時一張單子最多只有幾十塊錢，到五百就到頂了。

可這單子，好多個八啊。以員工接單後百分之七十的抽成算，做成這一單，就能賺六萬多漂亮的鈔票。

頓時，所有人都激動的沸騰起來。

自然，周紫芝也是激動得不得了的人之一。她眼疾手快的點開任務的要求一欄，不由得感嘆道，不知是哪個富婆想要測試自己的渣男小白臉，居然如此大的手筆。

富婆沒有透露太多的資料，甚至沒有聯繫方式。只留下了需要測試的渣男的QQ號碼。在要求一欄，富婆填寫的是：因為渣男很相信星座、命數以及風水，所以想接單的姑娘們請提供體檢單。

實在是非常古怪的要求。不過幹這一行，什麼離奇古怪的奇葩人都能遇到。所以周紫芝回家後的第一件事，就是將自己的體檢報告拍下來，傳給老闆娘。如此大的單，每個人都想弄到手。不光是錢的問題，就連公司內部的等級，也能藉著這一單大大提升。

自然「萬箭穿心滅渣男」公司的所有員工，都熱切的全民參與了。

下單的富婆以極快的速度審核了員工的體檢報告，最後幸運的周紫芝接單成功。

在接單成功的一剎那，周紫芝幾乎快興奮地分辨不出東南西北來。她立刻加了渣男的QQ號，想要早點搞定他，拿了錢去買新裙子。

怪異的事情，回想起來，就是從加了那個QQ號後開始的！

渣男的網路ID叫做陰陽人，挺怪的名字。年齡一欄沒有填，簡介也沒有。周紫芝隨便在好友申請請求中填了些心靈雞湯類的東西，點發送後，系統信息閃電般莫名其妙的彈出了一個窗口。

似乎是某種協議。周紫芝咕噥著怎麼就連加好友都要弄個協議出來，簡直是前所未聞。

內容太長，女孩懶得看完，順手就點了同意。

確認協議後，這個叫陰陽人的渣男通過了她的好友邀請。

「妳很像我的女朋友。」渣男在通過她驗證的一瞬間，就發來了這句話。

周紫芝在內心中喊「耶」。渣男就是渣男，這麼老套的搭訕方式都說得出來。欲擒故縱，欲擒故縱！

「有九十九個看過我照片的男孩都跟我說過同樣的話喔。其中有三十三個說我長得像他前任女友，有三十三個說我長得像他下任女友，還有三十三個跟你說的一樣，說我像他現任女友。你們男生都喜歡這樣搭訕嗎？」周紫芝在最後，還附了一個嬌嗔的表情。

那個叫陰陽人的渣男頓了半晌，才發了一條信息過來，「不信的話，去我主頁裡看看。妳真的像我的女友。」

周紫芝聳了聳肩，點開了渣男的朋友圈主頁空間。可是才看了幾眼，她就呆住了。作為一個有職業素養和極高程度的渣男測試員，她通常在開工前就會盡可能的收集一切資料。

朋友圈曬的照片，就是最能體現一個人的性格以及喜好的東西。周紫芝怎麼可能放過。渣男的主頁一直都沒有鎖定，所有人都能看。周紫芝明明不久前才點開過，裡邊根本就是一片空白，什麼都沒有的。

可現在她隔不過幾分鐘而已，那本應該空白的主頁，居然塞滿了證明生活軌跡的照片。每一張照片，都是一段經歷的再現。照片旁配著心靈雞湯般的文字，而每一張照片，都有親密依偎著的兩個人。

左邊是個二十多歲的男性，身材普通，身高也普通。他的臉打了馬賽克，看不清楚樣貌。而右邊的女孩，長得眉清目秀，皮膚細膩，看起來挺高挑的，屬於標準的東方美女。

看著照片中的女孩的周紫芝越看越心驚，這、這不是自己嗎？怎麼可能，自己怎麼不記得照過這種照片。而且照片中的背景是各種旅遊景點，看時間也是最近才照的。作為高三生，又在網上接單從事測試渣男的職業。

她周紫芝可沒有任何空閒時間去旅遊。特別是，自己根本就不認識旁邊這個男孩，哪怕他的臉上打了馬賽克。

一股怒氣，從心底冒了上來。第一時間周紫芝只想到，自己的身分暴露了。這個叫陰陽人的傢伙是個電腦高手，他將自己的照片影像合成了一番，弄到主頁上裝神弄鬼。

「這是你女友？」周紫芝氣不打一處來，「怎麼可能。那明明就是我嘛，哪有隨便加一個網友，都能找到跟你女朋友一模一樣的人？」

女孩的職業素養還是有的，心理承受力也挺強的。她沒有直接說被耍了，而是旁敲側擊。

那邊那個叫陰陽人的渣男又花了好幾分鐘才發來一句話，「那就是我女友。」

「和我一模一樣？」周紫芝冷哼一聲。

陰陽人道：「所以我才說，妳長得像她。」

「那你女朋友現在在哪兒，我要去見見。說不定她還是我失散多年的雙胞胎姐姐咧。」女孩再次冷哼。

陰陽人發了個「搖頭」的表情，「妳找不到她的，我們一生一世，都不會分開了！」就是這句話，令周紫芝不知為何，通體發冷起來。

「你究竟什麼意思？你知道我是誰了嗎？」女孩打了這麼一串文字。

「妳是周城第三高中的高三生，對吧？周紫芝同學。」陰陽人發來了這麼一句意想不到的話。他雖然有些答非所問，卻將周紫芝真實的身分點了出來。這令周紫芝又是一陣渾身惡寒。她在網路上用的資料除了某些照片外，全都是假的。

這個傢伙，怎麼可能知道自己的真實資料？

周紫芝實在被嚇到了，她再也顧不得什麼測試渣男的業務，連忙關掉了QQ。可手機裡的QQ似乎也變得陰魂不散。哪怕是關掉了，女孩的手機螢幕上，依然彈出了一個窗口。

「知道什麼是中陰身嗎？放心，很快，我們就會永遠在一起了！」

周紫芝恐懼的將手機猛地扔在了地上，課堂，也被她的尖叫聲弄亂了。

□

「中陰身」究竟是什麼？說實在的，周紫芝非常非常的在意。她假裝身體不舒服，到醫護室休息。躺在床上，滿腦子全是不久前跟那個渣男陰陽人的聊天對話。

俗話說寧拆十座廟，不毀一門親。說實在話，幹渣男測試員這一行，本就是為了賺錢幹著毀掉別人幸福的勾當。人類原本就是從一妻多夫制變為一夫多妻制的生物，現代社會文明發達後，懂得禮義廉恥，終於變成了一夫一妻制。

可是由於生物本能，許多男性是經不起誘惑的。特別是經不起說話嬌滴滴、有著漂亮瓜子臉、身材高挑的軟綿綿十八歲小女生的誘惑。否則也不會有那麼多渣男知名人士拖著同樣是知名人士的女友不結婚，十年、二十年，感情終於破裂。

然後在分手後，迅速與小自己十歲、二十歲的小女生閃婚。

所以人類雄性，其實都有渣男屬性。區別只在於究竟敢不敢勇於去當個渣男而已。以此類推，「渣男測試員」這行，非常非常的缺德。也很會得罪人。周紫芝幹這行時，就聽一個前輩說，隔壁同樣幹這行的公司有一個員工就被報復了。

那個女員工只有二十二歲，大學剛畢業。接的那一單也不算大，只有八十幾塊錢。雇主要求測試一下自己馬上就要嫁的男友。結果那男友果然是渣男，沒說幾句話就跟她約炮。

女員工將聊天紀錄傳給了雇主，輕鬆賺了六十幾塊的抽成。雇主和她渣男友的婚姻，自然也泡湯了。

可是這件事根本沒完。那個渣男似乎思想偏激，他用盡方法找出了女員工的真實身分，買了把水果刀。在女員工回家的路上，刺了她幾十刀。女員工死了，死得很慘。內臟都被刺得千瘡百孔。

就因為發生了那起刑事案件，渣男測試員這行就變成了高危險職業。員工們對自己的真實資料更加的保護，死都不會透露。因為透露了，真的有可能會死。

但是那個叫做陰陽人的傢伙，居然知道周紫芝的真實身分。這是怎麼回事？那傢伙早就調查過自己，是想要報復她嗎？

周紫芝在醫護室的床上翻來覆去，總覺得心裡不踏實。刺骨的冰冷不停從腳底往後腦勺上冒，彷彿有一件恐怖的事情，將要發生在她頭上。

最後，周紫芝打開搜索網頁，查起「中陰身」這三個字的解釋。

現代社會由於網路的存在，只要打開手機，就能隨時查到任何東西。在維基百科裡，對「中陰身」確實也有明確的解釋。

所謂「中陰身」，指的是從亡者斷氣開始，第八意識脫離軀殼，至轉世投胎前的歷程。

有前陰已謝，後陰未至，中陰現前之說。前陰已謝指此期壽命已盡，後陰未至意謂尚未投胎。就一般而言，人死後皆有中陰身，大善大惡者則無。據說中陰身以每七日為一週期，亦即中陰身每七日皆有可能轉世一次。

七七四十九日後尚未投胎，倘未藉任何善根之力，則會淪為鬼道。民間有「牽亡魂」之習俗，若已亡故三年五載，仍可牽出亡魂，即表此人已落入鬼道。因中陰身長至多四十九日，於此期間未轉世即化為鬼，極難超生。以其屬另一道，既已形成固定生命形態，欲由此模式轉換為另一模式。

周紫芝認認真真地看完所有相關詞條後，心，更亂了。

只有死掉的人，才有「中陰身」一說。難道自己加的那個QQ號碼，那個叫做陰陽人的渣男，是鬼。

不，沒那麼簡單。他不一定是鬼，可最後發給自己的那句話，倒是極有可能想把她周紫芝弄成鬼！

這個傢伙，絕對是準備打擊報復她。畢竟周紫芝這個高中女生，也自認得罪了不少人。被報復的可能性非常大。說不定這個單子，就是陷阱。根本沒什麼富婆，也沒什麼叫做陰陽人的渣男。

整件事，都是一場陰謀。一場針對她周紫芝的陰謀！

高智商的人，思路總是一致的。高三生周紫芝的智商顯然不低，她一旦覺得自己已經陷入陰謀中後，反而冷靜了下來。

那個陰陽人似乎想要殺她。那麼，先將他的QQ號碼從好友群中刪除，這樣就能隔絕想要報復她的傢伙進一步瞭解自己的資訊。

想到這，周紫芝說幹就幹。打開手機QQ，將陰陽人的QQ號碼拉入黑名單中。

可是就這麼簡單的一個動作，女孩驚訝的發現，自己居然做不到。無論她怎麼想將陰陽人的QQ號碼刪除，只要一刷新，那個號碼就會再次詭異的出現在QQ好友列表中。

難道是手機出了問題？

周紫芝試著把其他不重要的QQ好友拉進黑名單。怪事，竟然一次就成功了。女孩不斷地嘗試，最終她驚悚的發現。自己的QQ無論刪誰都可以，唯獨那個叫做陰陽人的QQ號，如同沾在白色裙子上的桑葚污垢般，甩脫不開。

女孩頓時更加恐慌了。她不知所措，放學後，連忙找一個懂電腦的朋友幫忙。

「妳遇到高手了。」朋友很仗義，聽了她的描述後，一邊開手機查看，一邊跟她說。

可是當朋友查看周紫芝的聊天紀錄時，卻什麼也沒有找到。就連那個叫做陰陽人的QQ號碼，也失去了蹤影。

「什麼都沒有嘛。」朋友徹底檢查了她的手機，搖了搖頭。

周紫芝急忙問：「會不會是那個傢伙遠端刪除了聊天紀錄？」

「有可能。據說厲害的駭客藉由網路什麼都能做到。」朋友深以為然。

周紫芝的記性極好，說出了一串網址：「這是那渣男的主頁網址，你打開看看。」

朋友按照網址輸了進去，卻顯示的是404網頁未找到。

「怎麼可能。」周紫芝遍體生寒：「這麼短的時間，他不但刪掉了我，還刪了自己的網頁。那傢伙跟我究竟有什麼仇什麼怨啊，搞得那麼可怕。」

她將手機拿回來，可就在自己的手接觸到手機的一瞬間，本來還顯示著「404 not found」的網頁突然刷新，陰陽人的主頁竟然出現了。

一張張照片猶如白開水般流瀉在螢幕上，本來漂亮的旅遊照片泛著昏黃，猶如冥照。

周紫芝嚇了一大跳，「喂喂，你看，你看我的手機！」

朋友轉過頭，奇怪的看了她的手機螢幕一眼，「沒什麼啊。」

「你沒看到這個網頁？」周紫芝低下腦袋。她惶恐的發現，那網頁似乎有意識。當朋友看向螢幕時，404 網頁出錯的訊息就會出現。但是朋友一旦將視線移開，陰陽人的主頁就會彈出來。

那泛黃的網頁越發的恐怖起來，像是在用刺骨冰涼的現實，嘲笑著她的無力。

周紫芝想要關掉手機，突然，本來消失的陰陽人的QQ號，再一次出現。他排在好友列表的第一位置，彈了個窗口出來，「妳跟我簽了協議，妳的命，已經是我的了。」

「協議，什麼協議？」周紫芝害怕到了極點。

陰陽人諷刺道：「網路協議，妳就從來不看完嗎？」

你妹的，究竟有誰會有那麼強的強迫症，將所有網路協議真的全看一遍？大多數人都只會點「確定」，好吧。周紫芝又怕又怒：「你究竟想要幹嘛，為什麼一定要陰魂不散的纏著我？」

女孩的視線掃視了周圍一圈。既然只有自己拿著手機才能看到網頁，才能跟這個怪人聊天。別人都無法意識到他的存在。那麼那個叫做陰陽人的渣男怪胎，肯定藉由某種方法，在暗地裡監視著自己。

周紫芝第一次發覺，這無所不在的網路世界是如此陰暗潮濕，污穢不堪。沒有人，能夠真的在網路中隱形，保護自己的隱私。

究竟陰陽人，是怎麼監視自己的？用無所不在的監視器？還是，自己手機的鏡頭？

女孩的視線落在了自己的手機上，一粒米大的鏡頭，正往外散發著刺骨惡寒，彷彿一隻透著惡毒視線的眼睛。

她實在受不了了，立刻從包包裡掏出 OK 繃將前後兩個鏡頭貼住。

QQ 中又彈出一個訊息，「沒用的，妳逃不出我的監控。妳的臉，正在一抽一抽的發抖。妳的左側頭髮，有三十六根，被風吹到肩膀前。嘎嘎，妳逃不掉的。」

周紫芝渾身一抖。兩秒前，確實有一些頭髮被風吹到耳朵旁。她仔細數了數，真的不多不少，剛好三十六根。

那傢伙還在監視著自己，而且無比清晰。究竟用的是什麼方法，居然精細到了能夠識別自己頭髮的數量？

「你，究竟想，幹什麼！」周紫芝憤怒的吼著。

「加我好友時，妳就同意了我的協議。我有妳的體檢單，我有妳的一切。現在，我要妳聽我的……」陰陽人的QQ一邊發信息，一邊往她的手機不斷彈視窗。每個視窗，都有一張照片或者一些聊天紀錄的截圖。

這些，居然是周紫芝幹援助交際時，不堪回首的照片。一旦被父母以及同學朋友發現，她不被嚴肅的父親打死，也會被人鄙視一輩子。生不如死！

周紫芝突然覺得，自己開始認命了，「說吧，你究竟想要我幹嘛？要我的命？好吧，要殺要剮，隨便你。」

「暫時，我還不要妳的命。」陰陽人緩緩道：「現在，妳先在所有朋友圈發一條信息。就說長海餐廳，發生了詭異的事情……」

但妞妞利用反編譯的方式，將周紫芝身上發生的怪事都理清楚，理出頭緒後。我看了一眼信息斷掉的最後時間。

3月11日。

正是長海餐廳出現三種難聞屁臭味的前一天。

我們三人看完，頓時面面相覷，好半晌都說不出一句話來。

周紫芝和長海餐廳發生的事，終於聯繫了起來。可那個QQ號叫做陰陽人的傢伙，又是什麼？他為什麼會提及「中陰身」這種冷僻的民俗詞彙？

還有，他會不會就是隱藏在周城陰影中，暗地操縱最近一個半月裡所有離奇刑事案件的幕後真凶呢？

第九章 血腥的暗網系統

有一種病毒，叫做震網病毒。

2010年一種名為震網的惡意程式成功入侵了伊朗的核基礎設施。它導致鈾濃縮離心機莫名失效，而且將伊朗的鈾濃縮能力降低了20%。這種病毒本質上減緩了伊朗的核能力，並且為美國及其同盟贏得了寶貴時間，達成了反伊朗發展核子武器的國際意向。

從這裡就可以窺見，網路的強大威力。甚至能影響到一個國家的政局、穩定，甚至是軍事力量。

周紫芝身上發生的事情，絕對不簡單。背地裡，我同樣也跟她一樣嗅到了一個大陰謀的味道。只不過那個大陰謀並不是真的針對她，陰陽人選中了她，肯定有某種道理。

在這個事件中，有幾樣值得注意的地方。第一，周紫芝在加QQ好友時，彈出來的協議到底是什麼內容。它似乎像是某種鑰匙，沒有這把鑰匙，陰陽人好像就無法藉由網路入侵周紫芝的真實生活。

第二，陰陽人到底是以什麼東西監視周紫芝的？同樣的東西，會不會也佈滿了周城所有明處以及暗處？他會不會同樣也監視著周城的所有人？甚至包括了，我、妞妞以及游雨靈？

一想到這兒，我就通體發涼，毛骨悚然。被人隨時偷窺著的感覺，絕對不算好受。自己第一時間就將自己所有的電子設備的鏡頭貼上。這樣做不知道有沒有效果，但確實令我感覺好受了些。

最後，假定這真的是一個陰謀。那麼為什麼陰陽人在「萬箭穿心滅渣男」下單時，要對方提供所有員工的體檢報告呢？雖然渣男測試員提供的體檢報告，必然在關鍵資訊上造假。

可無法造假的健康報告，在無法對應真實身分時，還真的有用嗎？還是說，那個陰陽人另有所圖。

說到體檢報告。自己突然一愣，猛地想起了一件事。

周立群夫婦似乎提到過相類似的東西。他們在手機的相簿中，就曾經發現過某個人的血液檢查報告！

我努力回憶在周立群家，看到的照片，然後將數據寫在隨手打開的 word 中。依稀記得那張血液報告非常專業，數據也極為豐富。需要強大的專業儀器才能化驗出來。周城，沒有能夠進行這種分析的研究機構。

而那張檢驗單上，似乎有一個人的名字。不過被馬賽克遮掉了。單純看數據的話，那個人的血液，似乎沒什麼古怪的地方。B型，正常血型。血液樣本顯示那個人的健康狀況並不算太好。

我皺著眉頭，突然像是想到了什麼，問小蘿莉，「妞妞，妳能搞到周立群夫妻、服務生周家姻，以及高中生周紫芝的體檢報告嗎？」

總覺得那個叫做陰陽人的傢伙，要周紫芝的體檢報告絕對有原因。或許能從體檢報告上入手，找到周城詭異事件的突破口。

「如果他們做過體檢的話，我倒是能駭進周城的醫療系統找找。」妞妞不愧是高智商駭客，她肥嘟嘟的手飛速在鍵盤上打出一行行的代碼，侵入了醫療系統中。

沒多久，小蘿莉臉色一變，「哥哥，怪了。那些傢伙確實有體檢過的紀錄。但是體檢報告，卻全都消失了。不，應該說是被人刪除了。刪除的時間，就是剛剛！」

我氣得一巴掌拍在了桌子上，「媽的，隱藏在周城的傢伙，果然已經注意到我們在調查他了。那個勢力絕對監控著我們，否則不可能妳一入侵醫療系統，他們就刪除醫療記錄。」

在科技問題上極沒有存在感的游雨靈撐著下巴說：「不過，這樣一來也反而說明了。對那些傢伙而言，周立群夫婦、周家姻和周紫芝的體檢報告非常重要。」

「不錯！」我點頭，臉色變了幾變，「妞妞，妳能追蹤那些刪除醫療紀錄的傢伙的IP嗎？」

妞妞嘟著嘴，「哥哥，你好萊塢駭客片看多了。追蹤 IP 哪有那麼簡單，一般而言用的都是代理伺服器建構了無數層保護殼的跳板。特別是那些謹慎的傢伙，至今他都沒有露出過狐狸尾巴。那傢伙的駭客等級，比我都高得多！」

好吧，說實話我也搞不懂妞妞的駭客等級究竟有多高。總之她確實算是電腦高手，而且從小蘿莉一臉嘆服的表情看，那個叫陰陽人的傢伙，電腦技能高到了棘手的程度。

「用我的電腦是查不到的……咦，這是什麼？」妞妞說到這，突然激動的跳了起來，「又是那段代碼。那傢伙居然留下了和周立群家的電腦中類似的代碼。根據這兩段代碼，或許我能反編譯些內容出來。」

小蘿莉雀躍的從酒店的角落裡把周立群的那台電腦組裝起來，接上電源和網路，「那個混蛋傢伙，絕對是想要挑戰我，嘲笑我。否則以他的手段，絕對不會留下顯眼的痕跡。從周立群叔叔的電腦中，我一定能藉著反編譯的代碼，找到他的使用痕跡。哼哼，竟然小看妞妞我，本小姐就要讓你付出代價。」

我一頭黑線的看著肉嘟嘟的小蘿莉一邊氣勢洶洶的說著自己完全不能理解的電腦語言，一邊用周立群的主機執行各種自己建構的程式。

電腦主機不堪重負，不停發出硬碟快要罷工的難聽「喀喀」聲。

過了大約兩個半小時，硬碟燈不停地閃爍。就在電腦真的要報廢前，反編譯終於結束了。一串網址露了出來。

滿臉汗水的妞妞直愣愣的看著那串網址，一副難以置信的模樣。

「怎麼了？」我看向螢幕。那串地址沒有HTTP這種全球資訊網的連結開端，而是由一串數字和一串亂七八糟的英文組成，長度超過了兩百個字節：「這是什麼東西？」

妞妞好半天，才艱難的從喉嚨裡咳出了四個字：「暗網系統！」

暗網系統？我腦袋一時間沒反應過來，但是當自己真的理解了妞妞吐出的那四個字後，整個人也傻眼了。

你妹的，暗網系統！那串字節背後居然是某個暗網系統的網址！

這是怎麼回事？

所謂暗網系統！是網路世界的最黑暗深處。普通人一輩子根本都不可能知道的存在。

暗網，一直是各國政府下令不應該討論的深層網路。但其實如果你在谷歌或者維基百科上搜尋「The Deep Web」或是「Hidden Internet」，就會知道它並非罕見，只不過許多網站都拒絕告訴你怎麼獲取暗網系統內的信息，以及你會在裡面發現什麼。

首先，如果你真的在習慣了網路安全防護之後覺得自己能忍受隱藏在表面網路之下的東西，那麼進入暗網系統前，也要匿名或是使用代理伺服器，不要隨便用網咖的電腦搜索。

因為事情絕對沒那麼簡單。要進入暗網系統，必須要熟悉洋蔥瀏覽器，以及習慣Vidalia和其他的相關控制器。

暗網無法用一般手段進入。你沒辦法用谷歌搜到它們，也不能用火狐、Chrome、IE等等瀏覽器搜索到相關內容，想要訪問暗網你需要掌握相當多的程式設計知識和使用路由器的技能，代理、網路的條件也是必不可少的。

因為普通的網頁瀏覽器，會將暗網系統屏蔽，看不見任何東西。不過，使用匿名或代理能不能上得了暗網系統，也得看運氣。

一旦進入了暗網系統，你會看到許多血腥到顛覆你人生觀、價值觀的東西。

甚至在暗網裡，你會發現遠遠超過普通人想像的大量令人震驚的網站和檢舉組織，就像是個網路商店或者虛擬黑市。

在這裡你能用非常複雜的方式和毒品販子、職業打手以及恐怖分子、爆破裝置製造商取得聯繫。盜版、駭客等等行為的買賣都能在這看到。

最著名的稜鏡門事件的主角史諾登，他最開始也是將知曉的東西發布在暗網系統中。而最後才讓所有人得知。其實他爆料的東西，早已在暗網系統裡傳播已久，只是史諾登得到了確鑿的證據罷了。

在暗網潛伏的人們常常組織暗殺行動、全面的網路襲擊甚至密謀利用城市周邊的政府資源。

而在網路秘密交易者聚集的地方，只需要用假身分創建一個電子信箱，藉著簡單的下單就能買到各種非法的產品，化學物品、槍枝彈藥、毒品，甚至雇到殺手。

暗網系統說白了，就是網路中的黑市，但又不僅僅只是黑市。

它分成了很多種類，有的有關聯，有的沒有關聯。甚至沒有人知道，暗網系統在全世界到底有幾個？有人猜測，暗網中存在的網址，或許比表面上全世界六十多億人可以訪問的網址數量還要多許多。

維基解密在網上散布的很多東西都存在深網系統中多年，史諾登的稜鏡門事件比起在暗網系統中暴露的，不過是冰山一角而已。

暗網系統的資料庫裡記載的所有非法內容都是真實存在的，但是沒有一個政府，能夠找出犯罪者在哪兒，是誰。

因為各國政府，對這個深惡痛絕的系統束手無策。所以只能透過遮蔽的手段，讓普通人接觸不到。

例如洛杉磯的毒販們。這些毒販招攬了些矽谷的網路高手，讓他們透過暗網系統將藥賣出。於是這幾年，俗稱的殭屍毒品——浴鹽，在洛杉磯氾濫成災。警方根本無法阻止毒品交易。因為有暗網系統的存在，讓毒販在適應了暗網技術後，不再需要再在街道交易。

又例如西班牙鬥牛士。

鬥牛被所有動物保護人士所深惡痛絕。

於是熱愛鬥牛的人們也早就利用暗網系統，在小組討論商量西班牙境內和境外的「非法」鬥牛活動。甚至還組織格鬥士玩不是你死就是我亡的血腥遊戲。樂此不疲，收入不菲。

這，不是在開玩笑。暗網系統，就在你的電腦網路的陰影處，甚至就隱藏在你閱讀的網頁的一串代碼背後。

只是你無法連結罷了。

駭客們甚至能利用暗網系統中公布的大量非法技術以及鏡頭密碼，利用你的電腦以及手機鏡頭，監控你和你的真實地址。

這些事，真的真的不是在開玩笑的，非常的可怕。網路，比你想像的更加黑暗恐怖。

世界各地的政府為關閉、審查暗網而做的努力至今全都是白費力氣。各種非法網站利用各個暗網系統，在技術上已經做到把它變成人類道德的地獄邊緣。

封鎖，完全沒有用處。

進入暗網系統的人們，許多時候並不知道自己的所謂匿名並不是什麼真正的匿名，他們在進入系統的那一刻，就已經失去了保護。駭客們能夠輕易的找到你的使用痕跡。

所以不要單純因為好奇進入暗網系統。有人總是覺得進入深網能夠證明自己很行，但是只有真正的進入了那個黑暗的網路世界，你才會明白，什麼會真正的傷害到你。

不論是教人自殺的影片還是戀屍癖的照片又或是別的人類道德深以為真實卻是虛偽的東西，暗網確實是個真正黑暗、複雜又危險的地方。

它有可能成為有或者沒有心理準備的好奇者們，受到嚴重心理創傷的地方！

我知道暗網系統，是因為我淵博的知識，以及對知識的追求從未停歇。不過，由於自己的電腦能力差勁，所以從未進去過。

而六歲的小蘿莉妞妞，這個天才電腦高手，顯然有過進入暗網系統的經驗，而且極有經驗。

她被這串意料之外的暗網連結震驚了之後，透過重重代理伺服器以及自己建構的安全程式，進入這個暗網系統中。

網頁開啟的速度很快，幾秒後，居然出現一個類似購物網站的頁面。商品琳琅滿目，排列得異常整齊工整。似乎和普通的網路商店沒有什麼不同。

可是根本不需要仔細看，就會發現，這個位於周城暗網系統中的網購平台黑暗的一面。

裡邊，全都是國家明令禁止的違禁品。

周城有著世界上最大的網購平台「四十大盜」。而處於周城陰暗面的暗網系統裡，這個網路黑市也極為龐大。不知是不是諷刺，就連模樣也和「四十大盜」的網頁差不了多少。而名稱，非常的惡搞。居然叫做「盜大十四」。

我靠。果然是有光明就有黑暗，有光線，就有陰影。暗網系統居然直接將「四十大盜」的名字盜版後，反了過來。

「那個陰陽人，似乎利用『盜大十四』的暗網黑市幹著某些勾當。」妞妞輕車熟路的利用自己在暗網系統中的安全ID登錄了用戶。她的頭像用的是一隻小狗，毛茸茸的，眼神欠揍無比。

「根據他在周立群叔叔家的電腦裡留下的代碼，我能找到一些相關的物品。」小蘿莉的手指飛快的打出一串數據，很快，一大堆物品就出現在螢幕上。

那些居然全都是周立群家客廳，前段時間被秒殺的東西。

我眨巴著眼睛，有些不知道該怎麼反應，「周立群家裡的垃圾，透過暗網系統，被人買了？買這些垃圾的人，究竟是有多無聊啊？」

游雨靈也湊過腦袋，她的思維果然不是我等能夠理解的，「哇，哇，你看。居然還有賣桃木劍形的槍枝，彈匣也做成了符咒模樣。簡直是太酷了。如果遇到屍變的話，用桃木劍搞不定殭屍，直接抬起劍身，一槍就能爆掉殭屍的腦袋。哇哇，哇，子彈還能選擇銀彈。西洋的吸血鬼都能克制。私人訂製，私人訂製。妞妞，給我弄一套唄！」

妞妞嘆了口氣，沒理那秀逗女道士，「哥哥，叔叔家的垃圾，可是賣了高價喔！你看！」

小蘿莉點了一個連結，每個賣出的物品下方都附帶著幾個被密碼鎖定的影片。她破解了密碼，影片播放了出來。影片裡居然是被秒殺的物品之前以及之後發生的事，影像非常清晰。

特別是拍賣周立群夫妻時，出價高到了令人咋舌的程度。

我看了幾眼影片後，就用游標關閉了視窗。自己仔細的看著整個秒殺拍賣歷史，突然皺了皺眉頭。

「妞妞，暗網系統中買東西，似乎不能使用現實中的貨幣吧？」我問。

「不錯，在暗網系統裡進行交易，一般的貨幣、信用卡以及線上支付方式，是行不通的。幾乎所有交易物都是用比特幣或是色情圖片為交換單位。比如某個人花了五張前女友的赤裸胸部照片，就能在某個毒販手裡買到一些毒品。」

妞妞掰著指頭說：「非法藥品、色情製品和駭客等等你可能想像不到的東西，都被明碼標價，以物易物。」

「那妳能查到賣周立群家物品的人的資料嗎？」我又問。

小蘿莉點了點賣家，「這個倒沒問題。在暗網系統裡大家用的都是假身分，為了便於長期合作，許多人都建立了固定的網路ID。周立群叔叔家的秒殺事件背後的賣家……」

一個人的身分資訊冒了出來。一片空白，只有一個名字。

果不其然，他叫做陰陽人。和控制了周紫芝的那個傢伙的名字一模一樣。似乎沉入深水中的陰影，已經在這個名字浮出水面後，有了清晰的聯繫。

我看著這個傢伙在暗網系統中的買賣紀錄，「這個傢伙真的很奇怪。你看看，他不要錢、不要比特幣、不要毒品。他拍賣的一切，都只需要一樣東西！」

ID叫做陰陽人的傢伙，只要體檢單。越詳細越好。一份A級，涉及到一個人各方面的體檢報告，他就會出以最高價格。而且最怪異的是，他還有一個要求。只要周城十五公里範圍內的人的詳盡體檢報告。超出範圍的，都不要。

這令人費解。

又是體檢報告。陰陽人究竟拿那麼多的體檢報告來幹嘛？他不是網路高手嗎？不會自己入侵醫療機構嗎？這傢伙，在暗地裡謀劃著什麼勾當？

不用仔細想，這個傢伙想要幹的事情，恐怕是極為可怕的。畢竟周城最近一個半月發生的怪事，已經讓幾十個人死亡，數十人變成植物人，還有一個周紫芝失蹤！

周紫芝失蹤前一個禮拜，陰陽人還命令她發布長海餐廳即將發生屁臭味的推特，這就更令人費解了。之後服務生周家姻變成植物人，或許也是因為陰陽人在背後操縱著餐廳的 Wi-Fi。

難道，他在暗地裡幹著某些瘋狂科學家才會幹的非法人體試驗？

第十章 致命ID

現代生物科技迅速發展促進了生命科學技術，也提高了人類健康的水準。眾多生物科學技術的開發和應用，很大程度上得益於人類對人體實驗技術領域廣泛而深入的研究和探索。

其實一開始，這些能夠促進社會進步和人類發展的先進科技手段，不但在當時的社會倫理道德上不受認同，甚至還與人類的信仰相背離。

直到如今以科學為主的現代社會中，確實有一些合法的人體實驗正在進行著。這些實驗受到國家法律的鼓勵以及保護。

但更多非法人體試驗卻也屢禁不絕。許多人甘願冒著生命危險，為非法的實驗提供著溫床。一是因為大多數科學家都是偏執狂，一旦自己的研究方向受到政府和法律的影響無法繼續，就會轉入地底，非法進行。

二是，非法人體實驗的受體，大多數都是急需要金錢的人。那些人根本不怕死，只要錢。

一旦人體試驗失去了法律和政府的監督，就會失控，變得非常可怕。

所以我自然而然的認為，這個ID叫做陰陽人的傢伙，肯定從屬於某個非法勢力。

幹著血腥的人體實驗。否則，他幹嘛執著於收集詳盡的體檢報告？

而且，還非得要周城附近十五公里範圍內的人的體檢報告呢？

周家姻、周立群夫婦，以及周紫芝，甚至最近一個半月發生在周城裡那些怪事的犧牲者們，會不會正是因為體檢報告洩露了，符合陰陽人背後勢力所找尋的某種標準，所以才惹禍上身？

這一切，看似有了頭緒，卻都僅僅只存在於猜測中而已。

還有更多的疑惑，無法解釋。

我們三人不停翻看著隱藏在周城的暗網系統內，陰陽人的交易紀錄。最近一個半月發生在這個城市的怪事，每一件，果然都有他的影子。

一個半月前，究竟這個城市發生過什麼？為什麼所有事情的引子，都是從那一天開始蔓延，滋長。猶如洞穴深處爬出的怪物，在吞噬著網路資源裡的一切。網路這個虛擬的世界，在這個叫做陰陽人的怪物嘴裡，變得越來越陰暗恐怖了。

「妞妞，能不能從陰陽人的暗網ID，找到他的真實身分？」我試著問。

小蘿莉搖了搖腦袋，「不可能。他顯然是個高級駭客，隱藏得非常深。」

路癡女道士斜著眼睛，「妞妞，妳整天吹噓自己的電腦技術有多高。結果這點小事都做不到！」

「妳這個滿腦子只有迷信思想的女道士知道個毛！」小蘿莉被諷刺了，開始剽悍的冒髒話。

「好了，好了。雖然我對電腦不太懂，不過從技術上來說，想要從暗網系統中弄到陰陽人的資料，確實有難度。只能從其他地方入手了。」我嘆著氣，一隻手撓了撓腦袋，一隻手的手指還輕輕地敲著桌面。

雖然想從別的地方入手，可真思索起來，確實也沒什麼頭緒。那個ID為陰陽人的傢伙，做事非常乾淨，乾淨到已經不像是人類能夠可以做得出來的程度了。

突然，我愣了愣，「妞妞，那兩串引妳進入暗網系統的代碼，妳確定是陰陽人故意留給妳的嗎？」

「當然。如果他不是故意留下來挑戰我，以他的手段，肯定會將代碼擦乾淨。」妞妞臉上流露出一絲異樣，「而且這兩串代碼，雖然我確實破解出來了。可是它的底層構造非常的怪異，絕對不是用二進制建構的。我猜，他有一種獨特的編碼，而且那種編碼，領先人類科技至少十年以上。」

「外星人？」游雨靈縮了縮腦袋，下意識說道。

喂喂，妳不是自稱道統傳承了幾千年的女道士嗎，一張口就打破思考枷鎖聲稱有外星人。這樣真的好嗎？妳的立場呢？

我跟妞妞一起斜著眼睛用力鄙視她。游雨靈咂巴著嘴，「好嘛，那就是死了都還遊蕩在網路裡的鬼魂？」

妞妞瞪她瞪得更用力了，不屑道：「游雨靈姐姐，麻煩妳用膝蓋好好想想。這世界上沒有鬼。」

接著，她又低聲咕噥著：「雖然那個叫做陰陽人的傢伙，不可能是鬼，也不可能是外星人。但他的技術是怎麼做到的？真的有人的網路知識能領先世界十年以上嗎？這種技術如果真有，恐怕也只存在於先進國家的實驗室中的理論裡，還無法真的應用。」

一時間，我們三人都感覺陷入了死胡同中。

「總之，周城一個半月前，肯定發生過什麼。這個需要仔細調查，說不定可以從中找到突破點。」過了良久，我才咳嗽了一聲，繼續道：「妞妞，失蹤女高中生周紫芝，妳給我挖空周城的所有系統，儘量將她失蹤的線索全翻出來。」

「周城最近發生的詭異事件的受害者，要嘛死了，要嘛變成植物人。唯獨周紫芝失蹤。這非常可疑。」我皺著眉頭，「她的失蹤絕對和陰陽人有關。可為什麼，她會失蹤？她和其他人有什麼不同的地方？陰陽人為什麼獨獨拐走她？只要找到她的蹤跡，肯定能發現線索。」

妞妞點點頭，「這個好辦，既然進入暗網系統了，我就利用這個黑暗網路的人脈力量，儘量找線索。而且遍布城市的天眼監控紀錄，我就不信那個陰陽人真的能全都抹掉。」

小蘿莉手指飛快的在暗網系統中發布了一個任務。之後馬不停蹄的駭入城市天眼中，搜索著周紫芝失蹤前後的影片、資訊。

我也在使用平板電腦，撐著下巴，在各個網路論壇中尋找著一個半月前，周城究竟有沒有發生過怪事。

很快，搜索就有了個意料之外的結果。

那是一則新聞，一場小範圍火災的新聞。吸引我注意的是，火災的發生地點，居然就在希捷大廈。

希捷大廈！1005 室。

看到這幾個字，我頓時精神大振。不久前自殺的周賈，就是從希捷大廈的 1003 室跳下去的。這之間，會有某種關聯嗎？於是自己一字一句，緩慢的閱讀起來。

新聞很短，寥寥幾行字數。大概的意思如下：

周城光明區希捷大廈 1005 室突發大火，事故原因還在調查中。目前不排除人為導致的因素。

據警方透露，希捷大廈 1003 至 1005 室由一位周姓男子非法承租，開了一家名為「十年老店」的網路商店。不排除是因非法改造公寓內的電路，致使電路超過負荷，引發了火災。

火災現造成「十年老店」五名員工輕傷，一名員工重傷。

公司老闆目前已被收押。

這則新聞，很有意思。我愣了愣神，原來搞了半天，希捷大廈還發生過火災。而位於周賈跳樓的 1003 室的公司，並不是因為大廈鬧鬼而搬離。因為新聞發布的時間，先於希捷大廈鬧鬼。

那家「十年老店」之所以搬離，是因為火災，和法人被逮捕。

可周賈，為什麼會在「十年老店」搬走後的半個月，在那個地方跳樓呢？他跟那個網路商店，難道有某種關聯？

沒有多猶豫，我讓妞妞放下手裡的工作，利用周賈的身分資料駭入了他的銀行系統。一個人如果跟一間網路商店產生關係，那麼必然是金錢關係。這個推論很符合邏輯。

果不其然，妞妞透過周賈的支付信息，查到了周賈最後幾次的付款紀錄，是透過「四十大盜」旗下的支付系統進行的。

妞妞還順帶登錄了周賈在「四十大盜」平台的會員帳號。

「哥哥，這個傢伙看起來也挺迷信的。你看，在他自殺前的幾天，還拚命在買開光的符咒、高僧加持的佛像……等等，甚至還搜尋過印度產刻有梵文的菩提樹葉子。」

妞妞眨著眼睛，指著周賈的消費紀錄，大為驚嘆。

游雨靈托著下巴點評，「我看這傢伙肯定是被鬼纏身了。」

「周賈自殺前七天，絕對發生過可怕的事。」我一條一條的逆著順序瀏覽周賈的交易訊息。這個男人死前，果然瘋狂的不停買驅魔用的玩意兒。可是網上的驅魔物件，哪有真的。恐怕現實裡都沒有吧。

「他遇到的恐怖事件，應該和夢有關。」我的視線在《周公解夢》、《夢的構成》、《如何逃離噩夢》這三本書的購買紀錄上停了一下，推理道：「他一定在不斷的做著很恐怖的夢。而且那個夢似乎不停重複，否則也不會將他折磨得快瘋掉。」

「有道理。」路癡女道士深以為然，「越來越像是惡靈作祟了。」

「游雨靈姐姐，妳夠了喔。我再說一遍，這個世界沒有鬼。」妞妞不滿的說。

游雨靈撇撇嘴，「可妳這傢伙的存在，本來也不是合理的。哪有六歲的智商就高達兩百，還是世界級的電腦駭客。設定太動漫了。以此類推，既然有妳這種死小孩存在，鬼也是必然存在的。我覺得，那個叫做陰陽人的傢伙，就是遊蕩在網路中的一隻鬼！不然，他的高科技，怎麼解釋？」

我轉過腦袋，突然對游雨靈的說法感興趣起來，「有些道理，接著說下去。」

妞妞瞪了我一眼，「哥哥，你怎麼也跟著那死道士起鬨。」

「因為她的解釋，確實很符合邏輯。」我淡淡道。

因為我的鼓勵，女道士頓時雀躍起來，「根據本道姑的經驗，你們想想看。這個叫做陰陽人的網路死鬼，他可能因為『某種』原因，在一個半月前死掉了。而且同樣是因為那個『某種』死因，所以靈魂被困在網路世界中，無法脫身。」

游雨靈掰指頭繼續道：「夜兄，你不是一直在吹噓什麼質量守恆定律嗎？網路上的鬼肯定也是需要能量的吧，不然他沒法一直混網路。畢竟活人上網都要交網路費了。」

妞妞鼓著嘴，渾身發抖，乾脆用力捂住耳朵，「不聽！不聽！越說越離譜了。」

我搖著腦袋。這高智商的小蘿莉最聽不得鬼故事，一聽就怕。

「為了得到繼續混網路的能量，叫做陰陽人的鬼魂，不停的誘騙意志薄弱的人。吞噬掉他們的靈魂。他在跟周紫芝交流時，不就說了『中陰身』這個詞嘛。這不就證明了它是鬼！」游雨靈下了結論。

我摳了摳鼻翼，「有道理。可陰陽人如果真的是鬼，他幹嘛非要收集人類的體檢報告？」

「叫陰陽人的鬼魂，既然在網路中，自然感受不到現實世界裡，誰的意志薄弱，誰的性格堅強。所以它利用人類的體檢報告來辨識。以鬼的標準，說不定某些人體檢報告上的數據，能夠讓它看出誰是自己需要的。」游雨靈猜測道。

這倒是也挺有道理的。連蚊子都有喜歡的血型，據說B型的人就容易招蚊子。

「那陰陽人為什麼只要周城十五公里範圍內的人的體檢報告呢？一個在網路中的幽魂，不是可以藉由網路，滿世界的亂竄嗎？」我繼續問。

路癡女道士愣住了，頓時也覺得這個問題不是太容易解釋，只能嘴硬道：「肯定有它的道理。」

「不錯，誰都知道肯定有它的道理。可這個道理，究竟是什麼？」我揉著頭髮。游雨靈提及的幽靈理論，未嘗不是一種轉換思考方式的辦法。

可，陰陽人，真的是鬼嗎？

什麼時候魑魅魍魎都能跑到人類的網路中，在0與1之間遊蕩了？硬是因為有妖魔鬼怪的身分，人類就無法收它們網路費嗎？

不對。游雨靈的理論雖然確實有一定的道理。可自己總覺得，有某些東西被我忽略了。如果不想起來，形勢會變得非常糟糕！

我皺著眉頭，心裡湧上一陣莫名的不安。

就在這時，妞妞突然興奮的跳了起來：「哥哥，我找到了！」

「找到了什麼？」我詫異的下意識問。

「那個叫做周紫芝的女高中生，我找到了。」小蘿莉邀功道：「這個傢伙雖然確實是將天眼監控中的影片資訊全都刪除了。可是他落下了一個細節，沒有料到周紫芝家門口的超市，也裝有監視器。哼哼，還是妞妞我厲害。」

妞妞將監視器畫面點開，「順著這個思路，我利用小商店的監視器拼出了路線圖。」

只見電腦螢幕上，隨著妞妞的操縱。一幀一幀的影片開始播放，女高中生周紫芝的身影很模糊，每個監視器錄到的，基本上也是死角位置，有一個女孩背影飛快飄過的影像。每部影片的紀錄都很短，通常只有零點幾秒，真虧妞妞不怕辛苦，將它們找了出來。

在影片下方，還有監視器的位置坐標地圖。坐標跟著周紫芝的身影，流竄在每個監視器畫面中。前天下午失蹤的女孩，走了許久，終於停了下來。她滯留了好一會兒，似乎在猶豫。

過了半個小時後，這才緩緩的走入了某棟大樓內。

我垂下眼睛，看了一眼周紫芝走進去的位置。靠！希捷大廈。居然又是希捷大廈。妞妞的電腦螢幕上，分格畫面顯示了十多個希捷大廈出口的死角與非死角的位置。幾乎把希捷大廈的周圍，都嚴密監控起來。

時間軸調快了許多倍，監視的時間也開始飛速的流失。從周紫芝走入希捷大廈，直到現在的兩天後，絲毫沒有她離開過的蹤跡。

她就這麼走進去，再也沒有出來。

怪了，難道希捷大廈真的是周城這一連串怪事的發源地？周紫芝，是否還留在大樓中？

而凶手，會不會正在對她做些什麼？

我的心臟不停的狂跳，自己彷彿摸到了什麼。可總是摸不真切。

「哥哥，看來我們要進希捷大廈一趟了。」妞妞用水汪汪的大眼睛看著我。

游雨靈深以為然，「夜兄，無論那個陰陽人究竟是人是鬼。我們都要將它逮出來。不能再讓它繼續禍害塵世。」

我皺著眉頭，不停思索。經歷了無數次的怪事，自己已經越發成熟穩重了，用俗話說，就是膽小，「我總覺得，心裡有些不太踏實。謹慎點好。」

「要謹慎多久？」妞妞跟我從前一樣，充滿了好奇心。

我看了看楊俊飛給我的訊息，「明天晚上吧。妞妞，妳跟老男人要的那些設備，他準備好已經空運過來了。我等下讓他在希捷大廈租一間辦公室，將那些設備搬進去。」

「呃，這確實比較妥當。」妞妞想了想，還是聽了我的話，狠狠道：「那些設備很厲害，哪怕陰陽人真的是網路裡的一絲遊魂，我都能利用設備將它拽出來。」

我沒有說話，只是看著落地窗外的夜色發起了呆。

夜幕低垂，腳下的周城，許多辦公大樓燈火通明。在這個巨無霸網購平台「四十大盜」打造的網購小城市中，深夜還亮著燈的辦公大樓，就如同一個個封閉的格子。

每個格子中，都有許多年輕人在電腦前揮灑著汗水。

每一個格子，都有可能在不久的將來，成為中國的新興億萬富翁。

不過也有可能，一夜之間，這個未來的億萬富翁就會過勞死。

誰知道呢？人往高處走，水往低處流。實在不知道現代社會，究竟是人類在控制著網路，還是網路在控制著人類。

我猛地打了個寒顫。在這個看不見的網路世界裡，人的生命、汗水和努力，實在太渺小了。如果真的有一隻鬼在網路中遊蕩，以懷抱著發財夢和網路淘金夢的脆弱人類為食物。

這又是，多麼的可怕啊！

希望，真的只是游雨靈的猜測才好。

一夜無話。

第二天我和小蘿莉用電話遙控著搬運工和工程師將她需要的設備，通通搬入希捷大廈404B的辦公室內。設備實在太多了，工程師架設調整了一整天。

接近晚上十點時，所有準備才總算完成。

我們三人站在希捷大廈黑漆漆的入口前，對視了一眼。

「東西，都準備好了嗎？」我問。

游雨靈摸了摸自己背上的驅魔套裝，「準備好了。」

我沒理她，看向妞妞：「按下去吧。」

「嗯。」妞妞興奮的直點腦袋，然後掏出手機，利用遠端操控系統啟動了幾個設備。頓時，整棟希捷大廈的電源被全數切斷。

不，不只是電源。就連所有電信信號、Wi-Fi無線電，長波短波，都被一股無形的電波所干擾隔絕。

希捷大廈在這瞬間後，已經成為了網路世界的盲點。裡邊的所有人，都無法再利用有線以及無線設備上網。

大樓如同死去了似的，在這個哪怕是夜晚，也有無數盞燈的光的世界中，成為了城市難得的陰影。

「走。進去。」我大手一揮。一行三個人，小心翼翼的進入了希捷大廈的大門內。

沒有電、沒有網路的地獄。

就此大開。

第十一章 鬧鬼大廈

大廈作為現代城市的標誌性建築，是時代進步發展的產物。在人類建築中，大廈有的擁有居住功能，有的擁有生產功能。

而希捷大廈，顯然是一棟兩者合一的複合型。下邊四層是辦公樓，上邊六層是公寓。在周城這個網購興盛的小城市，租借公寓用來辦公的公司不在少數。雖然安全問題確實很多，可耐不住租金便宜，而且還能逃稅。

網購這種新興產物在監管上有頗多漏洞，正是這種漏洞，賦予了它們比實體經濟更強的便利性和經濟性。

希捷大廈，只是世界網購業的一個縮影。沒有人知道，在這個城市裡，網路中的世界，正在開始侵入現實世界。藉著網路犯罪的陰陽人，在陰暗的數字世界裡潛伏，而他的大本營，極有可能便在這棟大廈中。

一想到這兒，我就覺得頭痛。

因為確實很難搞啊。我自認智商高、經驗豐富，可是對電腦這東西的理解，不過是紙上談兵罷了。幸好還有個是高手的六歲小蘿莉妞妞，否則這個事件，自己是絕對探不到那麼深的。

希捷大廈裡的電力供應被妞妞買的儀器切斷了，據說原理是令大廈內的電源管理器超載，而且暫時無法修復。

真是高科技！

我們藉著手機的手電筒功能，偷偷的先溜到大廈四樓的４Ｂ辦公樓中。老男人楊俊飛買來的所有儀器，都放在這兒。妞妞一個一個儀器的檢查後，又忙著在自己的手機的 SIM 卡槽中安裝了一個硬體。

「整棟樓裡，現在只有我這支手機能夠上網了。」妞妞得意的說。

我撓了撓頭，「如果那個陰陽人能夠以無線連接的辦法侵入妳的手機，不是也能夠上網嗎？」

「這是絕對不可能的。哥哥，你太不瞭解這些偉大設備的來歷，它們可是所有駭客夢寐以求的東西，而且有錢也不一定買得到。楊俊飛叔叔哪怕是神通廣大，說不定為了買這些設備，真的就快要破產了喔。」妞妞咯咯笑道。

我搖了搖腦袋，「他不會被妳買破產的。」

老男人楊俊飛的偵探社，似乎有好幾個世界級的大財團在支持。我從未多過問，並不是說我不想知道。而是出於種種理由，自己一直沒有多嘴。畢竟現在我們的目的，還是一致的。

「總之你要曉得，我可以確定肯定，這棟大樓中無論是鬼還是神，哪怕是外星人。

都不可能再上網。」妞妞哼哼道：「哥哥，雖然你的眼睛什麼也沒看到，覺得這棟大廈只是普通的停電大樓而已。可是妞妞我，已經透過這些設備，以及自己編寫的軟體。模擬出數據界的量子纏結地獄。」

「在數據化的量子纏結中，所有的信號都會被困在內部，無法逃脫。」小蘿莉將她的平胸拍得「啪啪」作響，然後雙手做出擁抱的姿勢：「希捷大廈，現在已經變成了虛擬數據世界的黑洞。是屬於我妞妞，一個人的數據結界！」

我和游雨靈都被她強大的自信感染了。這小蘿莉說得挺偉大的。我撓了撓頭，也安心了許多。量子纏結是什麼，自己自然清楚得很。如果小蘿莉真的弄出了數據世界的量子纏結，那麼哪怕陰陽人真的是鬼，它恐怕也無所遁形。

靠，這個小傢伙，一直以來太小看她的能力了。真是給了我好大一個驚喜！

「那我還怕什麼。走吧！去十樓看看。」我也信心十足起來，帶著妞妞和手抓桃木劍的游雨靈順著安全梯往上爬。

黑暗的大廈，如同一具沒有靈魂和生命，只剩軀殼的屍體。恐怖得很。人類的世界總是如此，不，或者地球上群居生物的屬性都如此。在它們構造的巨大巢穴中，一旦生命遷徙走。建築物的生命，也會一併離開。

可是希捷大廈顯然不同。它四樓以上還有許多住戶居住著。但是我們越往上爬，越能感覺到有一股瘋狂的能量在湧動。

刺骨的惡寒中，每個空氣粒子都震盪著邪惡的氣息。

「好冷啊！」游雨靈哈出一口氣，周城最近幾天的天氣並不算冷，可是哈出去的氣，居然化為白色水霧蒸騰不休。

妞妞拿出手機，看了看：「似乎隨著樓層升高，溫度也在降低。」

「真虧這裡的住戶能住得下去。明明已經出現鬧鬼跡象了。」游雨靈咕噥著。

我搖了搖腦袋，「說不定這種現象，是妞妞開啟了她所謂數據量子纏結結界後，才出現的。那個陰陽人，已經知道我們來了！」

妞妞一眨不眨的看著四樓的儀器傳過來的數據變化：「哥哥，有東西在攻擊我的設備，不過它根本拿伺服器沒轍。」

「繼續走，別停。高中生周紫芝如果真的在希捷大廈內的話，應該還留在十樓，那個叫做『十年老店』的網路商店舊址中。」我判斷道。

密閉的安全梯裡，不知道風從什麼地方颳來。那些風彷彿想要將我們扔到樓下，阻止我們繼續往前。

可是單純的空氣攪流，怎麼可能影響三個大活人的爬樓運動。

我、妞妞和游雨靈三人一步一步，花了十多分鐘，才踏上了十樓的階梯。推開安全門，一個碩大的電梯間就露了出來。

希捷大廈是十幾年的老大樓，電梯間肯定不可能這麼寬敞。明顯是網路商店租下公寓後，自己非法改過。電梯間正對面，就是一扇一扇，敞開的公寓門。

「十年老店」搬走後，並沒有留下太多東西，所以公寓內顯得很空曠。我們先是推開1001的房間門，裡邊什麼也沒有。

一間公寓一間公寓的找過去。1003是周賈跳樓自殺的地方。警戒線還亂七八糟的貼在門口。

門裡物件一目了然，什麼都沒有。

「你聽，似乎有誰在哭？」遊雨靈耳朵尖，突然開口道。

果然，從走廊右側的最深處，傳來一陣幽幽的女孩哭聲。聲音非常微弱，似乎有人受傷了。但更像是淒厲的哀嚎。哀嚎中，夾雜著用手抓玻璃的尖銳響聲。

仔細聽，所有的聲音都混雜在一起，聽得人不寒而慄。那聲音在我們側耳傾聽時，猛然變得高昂起來。聲音大到如火山爆發般，從地獄深處噴發到了人世。

我們被刺激得紛紛捂住耳朵。

巨大的聲音持續了好幾秒後，又如同突然出現時那樣，停歇消失。四周，再次變得死寂如冰。

「這怎麼回事？是周紫芝在叫？」游雨靈難受的揉著耳道。

妞妞拚命搖腦袋，「那絕對不是人類能發出的聲音。」

「去看看再說。」我三步併作一步，跑到了發出聲音的地方。

那是十樓最右側的房間，1006室。這個三室一廳的公寓，並不屬於「十年老店」過去租下的。門也好好地緊閉著。

我掏出萬能鑰匙，三兩下就將防盜門打開。這個房間裡，亂七八糟的擺著許多雙層床，房間裡的物品也丟得亂七八糟，顯然住戶走得很匆忙。

自己皺了皺眉頭。很明顯，這個套房被改造成員工宿舍。或許正是十年老店的宿舍。在火災發生後，老闆被逮捕時，所有人都離開了。可是剛剛那個聲音，為什麼會從這兒傳出來呢？

周紫芝，究竟被藏在哪裡？

我們三人走了進去，就在這時，妞妞的手機突然震動了一下。

「耶，我在暗網系統發布的單子，有人接單了。」小蘿莉點開連結，然後利用無數代理伺服務器，連結自己在暗網系統註冊的郵箱。一個附件赫然出現在郵箱裡。

我湊過腦袋，看了看她的手機螢幕，「話說，暗網系統不是不能用真實的貨幣結帳嗎？妳的比特幣很多？」

妞妞的鼻孔朝天，一臉得意，「比特幣這類低檔東西，直視世界黑暗的真正駭客們怎麼可能如此低俗的接受。妞妞我影像合成了一套夜哥哥和李夢月姐姐、黎諾依姐姐、游雨靈姐姐以及林芷顏姐姐在床上五P的系列劇。嘻嘻。」

小蘿莉滿眼睛放光，「沒想到臉癱清秀男，和冰雪三無女，和乖乖女，和一臉迷糊的天然呆女，以及漂亮熟女御姐的動作大片，這麼受歡迎。果然人類的審美標準都是一樣滴。歐耶！」

格老子！我要掐死她，誰都別攔著我。我一定要掐死這六歲就人小鬼大的小蘿莉。自己怎麼就成了面癱清秀男了？

在我足以殺死人的目光注視下，小蘿莉似乎發覺自己說漏了嘴，乾咳了幾下。連忙轉移視線，打開附件。

好幾張詳細的體檢單都出現在了附件裡。高中生周紫芝、搶購師周立群、長海餐廳周家姻的都在其中。

當我們翻看到最後一張時，所有人全都呆住了。

一張意料之外的體檢單，出現在了螢幕上。照片上六歲小女孩露出狡黠的笑容，大眼睛水汪汪的，漂亮機靈。小女孩的臉蛋看起來極為眼熟。

不，這哪裡是眼熟，分明就是小蘿莉妞妞的體檢報告。她的體檢單，怎麼會出現在了附件中。這！怎麼可能！

一股惡寒從所有人的腳底衝上了後腦勺。

「該死，是陷阱！」就在這一瞬間，天然呆路癡女道士行動了，她先是一把將我推出門外。正準備拽著妞妞落跑時，公寓的門已然合攏，無法打開。

1006 室猶如深海中的怪物，伸出舌頭當作誘餌，當獵物進入嘴巴後，就再也難以逃脫。

我一個人孤零零的站在公寓門外，愣了好幾秒，之後用盡辦法，卻發現根本打不開門。這扇薄薄的門，在我用沉重的硬物敲打下，沒多久便露出了裡邊的夾層。居然用的是實心的強化鋼。

門短時間內不可能從外界打破，自己正準備去找人時。突然，褲子口袋裡的手機響了起來。

是妞妞的手機打來的，但傳出來的聲音，卻是游雨靈。她的語氣極為緊張，「夜兄，妞妞昏倒了。她的眼皮一跳一跳的，似乎有東西藉著空氣裡的什麼，傷害她的大腦。」

「照顧好她，我這就去找人破開牆壁。」我急迫道。

「沒用的。」遊雨靈的聲音頓了頓，語氣苦澀，「我剛剛敲過一遍，陰陽人那個混蛋早有準備，它將整間房間的內牆，都用鋼鐵澆鑄了厚厚的一層。從外部根本沒法打開。裡邊有個電子鎖一樣的東西，或許只能藉用網路解鎖了。」

「網路解鎖？」我的腦袋一團亂。陰陽人那傢伙，究竟是什麼人？他的目的繞來繞去，居然是妞妞。這麼說，當我們幾天前一腳踏入這個城市時，就被他盯上了。

難怪在周立群的家中，所有人都沒有意識到他們夫妻倆閃購的手機和他們家的電腦，而我們三人卻能真切的看到。

因為那個陰陽人在一步一步的，引我們入局。

怎麼辦，現在該怎麼辦？網路不是我的強項，甚至是我最弱的地方。最瞭解網路的小蘿莉，被困在 1006 室內，生死不知。

「雨靈，妞妞到底有沒有危險？」我急切的問。

游雨靈判斷道：「或許，撐不過兩個小時。」

我一咬牙，立刻朝樓下衝去，「妳等我，一定要照顧好她。我去想辦法。」

辦法，一定會有辦法的。首先，必須要確定陰陽人的身分。然後是他的目的。這樣才能阻止他繼續傷害妞妞。

既然那個 ID 叫做陰陽人的混蛋，一直陰魂不散的待在一個半月前就已經破產的「十年老店」的原辦公地點。那麼他必然和這家網路商店有關聯。

我衝進了希捷大廈四樓後，以妞妞的設備連上網路，搜索起來。至少形勢並沒有糟糕透頂，妞妞有先見之明，在我的手機中也植入了特殊的 SIM 卡。位於四樓的設備也足夠強大，哪怕是隔著厚厚的澆鑄鋼，兩台手機間也能保持通訊。

兩個小時，並不多。

要拚命了！

我藉著設備打了通電話到楊俊飛的偵探社，要他召集世界上有名的駭客，以周城的希捷大廈為目標，破解 1006 室的密碼鎖。

楊俊飛的速度也很快，他一個一個的聯絡了知名駭客後。帶來的消息，卻令我的心沉入了谷底。妞妞在這棟大廈建構的信息量子纏結結界非常完美。沒有任何數據能夠進來，也沒有任何數據能夠出去。除非從內部，將其解除。

能夠解除量子纏結結界的只有妞妞本人而已，可她現在已經暈了過去，隔離在1006室之中。我用手狠狠捶打了房間中的設備幾下，發洩著內心的苦悶。原本以為能夠隔開那個陰陽人的網路連結，可沒想到現在居然搬起石頭砸了自己的腳。

「能不能將設備砸壞？」我問透過偵探社聯繫到的專家團。

所有人都給出否定的答案。將設備砸壞，恐怕情況會更糟。厲害的駭客國內也有，但是最快也要四個小時才能趕到。

而游雨靈給出的時間，只有兩個小時而已。

兩個小時後，誰知道妞妞身上會發生什麼可怕事情。不，其實也不難猜測。至今被ID為陰陽人的傢伙找上門的人類，沒有完整的。不是死了，就是成了植物人。妞妞，恐怕也無法倖免。

該死，那個陰陽人，究竟想要幹嘛？

我咬牙切齒，眼睛一目十行的搜索著螢幕上，最近一個多月來周城發生過的一切怪事。自己肯定有什麼地方忽略了。沒多久後，突然自己眼睛一亮。

在「十年老店」所在的希捷大廈，十樓火災發生的前一天，周城曾經發生過大規模的停電事件。這件事引起了我的注意。

停電原因據說是有大量的電能消失，不知去向。所以引起了電網超過負荷。

總覺得這中間十分有問題。周城最近幾年，極少停電。因為這個小城市是網購平台巨無霸「四十大盜」的總部。網路資源需要強大的電力供應。所以周城雖小，但是電力系統和網路系統同樣的發達。

不可能輕易的讓電網癱瘓。

可是那一天晚上，電力系統確實癱瘓了，城市也確實停電了。電力公司內部論壇曾經有人猜測，造成電力癱瘓的罪魁禍首，位於城市的中部區域，而希捷大廈正位於那個區內。

難道，這是巧合？

不！哪有那麼多巧合。

因為第二天，「十年老店」這家網路商店也因為電力過載失火。為什麼？一連兩天，一個城市，一間公司，都因為電力過載而出問題。如果不是巧合的話，是不是可以理解為在「十年老店」中，有什麼東西，在拚命的吞噬電能？

記得新聞裡報導過，那場火災現造成「十年老店」五名員工輕傷，一名員工重傷。

我再次將當天的詳細新聞調了出來。根據新聞報導，當時 1005 室內發生了極為嚴重的火災，不過由於逃跑得還算及時。所以當時在裡邊工作的幾十個員工，只有五人被燒傷，輕傷。

而重傷的那位員工，並不是因為火災。他暈倒前，位於1006室內。當到達醫院後，已被判定為腦死。如果不是由於腦死的診斷最終經過數個專家的聯合討論，覺得有許多奇怪的地方。恐怕那個重傷的員工家屬，已經接到了死亡通知書。

哪怕如此，那個員工仍舊變成了植物人。

我眼神猛地閃爍了幾下，連忙調出了變成植物人的員工名字，他叫周鷹洋，二十六歲。一個普通的程序猿，薪水不高，負責十年老店的網路維護。

周鷹洋！周陰陽！陰陽人？

ID為陰陽人的傢伙，名字倒是和周鷹洋極為相似。難道那個叫做周鷹洋的傢伙，正是網路中的陰陽人？可是他不是已經變成了植物人嗎，怎麼可能繼續透過網路，在虛擬世界裡裝神弄鬼？

還是說，真如游雨靈的猜測。周鷹洋由於某種原因，身體還活著，腦內的意識卻在網路商店發生火災的那一刻，進入到網路中？

無論如何，看來都必須要去醫院一趟了。

我在網路中查了周鷹洋所在的醫院地址，透過電話安撫了六神無主的游雨靈一番。然後馬不停蹄的開著租來的車，朝醫院去。

變成植物人的周鷹洋究竟有什麼目的？如果他的意識真的還留在網路中，又為什麼不斷地掀起各種詭異事件，殺人、致人腦部癱瘓？

他又為什麼要佈下陷阱，針對妞妞？
一切的一切，或許在那家醫院中，能夠找到答案！
時間已經過去半個小時。留給我的，不多了！

第十二章 籠罩世界的危機

周城第二人民醫院，十樓 103 號病床，就躺著植物人周鷹洋的身體。

我一路闖紅燈，驅車前往。由於是晚上，醫院離希捷大廈也不遠。所以只花了五分鐘。

五分鐘，在平時並不顯眼。可在現在而今眼下，卻寶貴無比。我焦急的看著手機螢幕上的倒數，馬不停蹄的衝進了醫院電梯。

有人說時間的流失，會隨著人的心態變化。現在自己真切感受到這個理論的衝擊，時針分針秒針不停地轉動，根本不會因為誰在焦急而停留。

十樓 103 號病房，是加護病房。一個年輕男子插了一身的管子，閉著眼睛如同睡著了一般，安靜的躺在病床上。

如果不是呼吸器在不停的上下抽動，這個叫做周鷹洋的男子，恐怕早已成了死人。

哪怕如此，一個植物人的生命，也在正常人面前顯得無比脆弱。

我瞞過醫務人員混入了病房後，卻感到不知所措。如果一個人的意識真的進入了網際網路，而自身成了植物人這種科幻劇情在現實中成立的話。那麼，這個周鷹洋總得有網路接口才對。

難道他是利用插在身上的醫療器材接上網路的？

我該怎麼做，才能夠打破他的意識與身體之間的連接？

自己一聲不吭的站在床前，看著這個比我大不了多少歲的男人。從他沉睡的臉上，看不出殺戮，也看不出死亡。周鷹洋是個長相清秀的男子，正處於人生的黃金階段。而他和 ID 為陰陽人的關聯，也僅僅存在我的推理當中。

該死，我該怎麼做？

自己再看了一眼手機，時間，又過了十分多鐘。距離妞妞大腦損壞，已經不足七十分鐘了。

由於小蘿莉被隔離在 1006 室內，我不瞭解狀況會不會變得更加糟糕。

最終，自己一咬牙。偷偷的往前走了幾步。既然什麼都做不了，那麼就當一次惡人吧。一個陌生人的生命，和一個對自己重要同伴的生命，對賭，誰重要？

其實賭注籌碼並不平等。如果周鷹洋真的是網路裡的陰陽人的話，那麼賭對了，我就救了妞妞，也除去網路中的一大隱患。

賭錯了，也不過是親手殺死一個陌生的植物人而已。

倫理道德，在親疏關係面前，顯得無比脆弱。我的臉更加陰沉，思索萬千後，一步一步，再次向周鷹洋的病床靠過去。

自己的手也偷偷伸出，糾結掙扎著，想要拔掉周鷹洋的呼吸器。

就在自己的手指碰到管子的那瞬間，門被打開了。自己無聲無息，暗暗將右手縮回。

「你是他的朋友？」進來的是一個穿著白袍的醫生，他見房間裡有人，略有些詫異。

我點了點頭。

「真稀奇，周鷹洋先生在這裡躺了快兩個月，第一次有人來看他。」醫生嘆了口氣，「這個人也挺不幸的。據說他成了植物人後，親戚都莫名其妙的遭遇不幸，死了個精光。」

「死光了？」我皺了皺眉。

「是啊，就是最近這段時間死光的。而周鷹洋先生，別看他氣色不錯，其實也活不了多久了。他早就得了腦癌，現在又成了植物人。頂多再多活幾天罷了……」醫生的話音還沒落地，突然心率監視器警報大響。

「糟糕！」醫生趕忙按下了呼叫鈴：「103 號病房，快準備緊急手術！」

我被請了出去。一大堆醫生護士湧入周鷹洋的病房，可是沒多久又一個個垂頭喪氣的走了出來。

「你的朋友已經沒有心跳，確認死亡了。」醫生沉痛的對我說，還用低啞的語氣咕噥道：「怪了，從醫這麼多年，第一次遇到這種怪事。明明還能活幾天的，可怎麼就死了。看腦部偵測活生生像是周鷹洋自己主動停止了呼吸。怪事，真是怪事！」

人類能夠自己主動停止呼吸？根本不可能。哺乳動物中，只有海豚等生物才能自主停住呼吸自殺。

一瞬間，我腦中湧過了大量的資訊。自己一邊往樓下衝，一邊用手機查資料。果然如醫生所說，在這一個半月裡，周鷹洋的所有親戚都遭遇了不幸。每一個，都死得極為離奇古怪。

我急切的打通妞妞的電話，「游雨靈，妞妞在暗網系統中的郵箱應該還沒有關。妳能將那份體檢報告的附件，轉給我嗎？快一點！」

3C白癡游雨靈手忙腳亂的好不容易才將郵件轉發成功。

我連忙一份一份的檢查體檢報告。果不其然，體檢報告裡，竟然真的有周鷹洋所有親戚的資料。突然，一切謎題似乎都在眼前解開了。

周鷹洋這個年輕人，一直承受著腦癌的痛苦，他的生命不長了。可不知這傢伙用了什麼辦法，將自己的意識從身體裡剝離出來，進入了電腦中。於是在一個半月前，藉著周城的電力網路，他大量的吸取能量，將意識與身體分離後，開始尋找活命的機會。

所有體檢報告中，每個遭遇不幸的人，其實都有共同點。他們的血型都是B型。他們關於大腦的數據有好幾處相似的地方。

周鷹洋為什麼要藉著網路不停地恐嚇受害者。那是因為驚慌害怕能使人的意志和抵抗力變低，抗體和免疫系統也會變得脆弱。

這個傢伙，根本就是要佔據別人的大腦。

但是一個活人想要霸佔另一個活人的大腦，這種事真的能做到？周鷹洋究竟使用了什麼方法？他在周城幹的每一件事，彷彿都有目的。而目的，應該全都圍繞著繼續活下去。

他對活命的饑渴感，已經超越了道德底線，甚至變得嗜血、恐怖起來。

與一個人類個體最相似的人類個體，莫過於基因層面的親屬關係。周鷹洋自小父母雙亡，被親戚收養，童年過得快不快樂，我不清楚。可這也無法抹煞親戚的養育之恩。可這個禽獸，意識進入網路後，第一個找的便是養父母。

意識入侵失敗後，他開始一個一個的尋找自己的血親。大多數人離奇死亡了，少部分的人腦死。血親消耗完畢後，他便繼續尋找大腦構造和血型相似的人。

妞妞的血型同樣是B型，而且由於她父母以及特殊經歷的原因，這個高智商的小蘿莉，或許大腦的狀態並不穩定。所以，周鷹洋將目光鎖定在一腳踏入了周城的妞妞身上。

他的目的同樣簡單，始終不變。他要佔據妞妞的大腦！透過妞妞的身體，繼續存活。

自己的推論完全符合邏輯，而且也僅僅只有這個解釋，能夠論證最近一個半月周城發生的一系列詭異事件。

但，問題又回來了。現在周鷹洋的身體已經死了，他留在網際網路中的意識，會不會也活不了多久？周鷹洋，究竟是基於哪種方式將意識數據化，進入網路中的？妞妞已經利用各種高科技的設備在希捷大廈佈置出了虛擬的量子纏結結界，理論上，沒有數據能夠進出。

可是它又是利用什麼原理，繼續監視我們，甚至入侵妞妞的大腦呢？

一切的一切都難以解釋。這完全違背了基礎物理知識，甚至超出人類的科技太多了。

我可能猜出了真相，但額頭上的冷汗也在一滴一滴的往下落。自己真的一籌莫展了。眼前的恐怖事件，完全超出了我的能力範圍。哪怕大腦再聰明幾倍，也無法找出解決的辦法。

該怎麼辦？我該怎麼辦？

我愣愣的看著手機上流逝的時間，想像著妞妞現在的痛苦，以及將要發生的恐怖狀況。

「該死！」站在午夜空蕩蕩的街道上，我憤怒的大罵了一句。

就在自己不斷自責，一籌莫展的時候。突然，手機裡傳來了一個嫩嫩、清脆的熟悉聲音，「哥哥，哥哥。」

「妞妞？」我嚇了一大跳，低頭看去。只見小蘿莉的頭像隨著一個 App 的啟動，如同螢幕保護程式般在螢幕上游來游去，「妞妞，妳沒事了？」

「我不是妞妞。」頭像呆呆的，「我是主人在 SIM 卡中植入的基礎人工智能程式。主人設定了某種特殊的情況，符合條件後，我就會在哥哥的手機中啟動。」

「特殊情況？」我一愣。這小蘿莉究竟怎麼判斷什麼是特殊的時候？而且什麼人工智能程式，這也太科幻了。怎麼想都覺得這是只屬於科幻電影裡才有的劇情。唉，最近的科技，老子是越來越搞不懂了。

程式機械化的道：「根據程式，我將在叔叔的體溫超過三十七度，心跳在某種狀況下加快，體力在某種狀況下快速消耗的特殊時候啟動。現在，達到了標準。」

我挖了挖耳朵。感情這小蘿莉還挺有憂患意識的，早知道會出狀況，乾脆在我的手機裡植入了程式。挺好的，挺好……

好你妹啊！

那個叫做基礎人工智能程式的誠實解釋，怎麼越聽越不太對勁。人體體溫三十七度，心跳加快，體力消耗……在人類身上，只有兩種情況下會發生這種事。一是因為極度的恐懼、擔憂。

二是，幹著某種羞羞的原始的一男一女的肉搏活動。

妞妞這人小鬼大的小蘿莉，才六歲而已，簡直是逆天了。都懂得在老子手機裡植入偷窺程式了。而且連植入的偷窺程式都搞得那麼高科技，居然還是有基礎人工智能的。

作為監護人，這次救了她後，不打爛她的小屁股才怪！

「叔叔，叔叔，你的心跳又加快了。這樣對身體可不好喔，心跳加快，老年時會患心臟病。而且會讓你的性——」人工智能有條不紊的分析著我的身體狀況。

我皺著眉頭，打斷了它，「你能監控你主人的身體狀況嗎？」

既然是一種偷窺程式，那麼這個有著基本智力的程式，應該能夠和妞妞的手機互通。

「我能夠監測到主人的心跳、腦電波，以及接受基本的意識診斷。」人工智能回答：「主人的手機中安裝有意識控制埠。主人的心跳低於正常值，腦神經波動異常。意識控制埠滿載，主人似乎想藉著意識控制埠控制手機的輸入法，和哥哥您進行聯繫。」

靠，太高科技了。不愧是新時代的駭客，六歲妞妞對科技的敏感度逆了天。她這些設備都是從哪弄來的？看來給老男人楊俊飛的購買清單上，這小蘿莉中飽私囊不少啊！

「現在，進行輸入系統埠轉換。主人留給哥哥一串信息，請接收。」隨著人工智能的話音落下，一封郵件出現在手機中。

裡邊只有寥寥幾句話：

「哥哥，我的虛擬量子纏結結界是有用的，但那個陰陽人似乎利用了衛星連接。不是一般的衛星，否則數據還是無法通過我的量子結界。我懷疑，那顆衛星很特殊……」

信中附有一張電子地圖。隨著電子地圖向天空推動，我看到了希捷大廈的樓頂，之後是周城通明的燈火，黑壓壓的雲層，夜空，無數的人類衛星。

最終畫面留在一個黑漆漆的，彷彿非常老舊像是碎片的東西上。那東西，不停地圍繞著地球轉動。

我只看了一眼，就整個人震驚的喊出了聲，大爆粗口：「你妹的，他妹的，全人類都他妹妹的。這他媽是，黑騎士衛星？」

黑騎士衛星，無論如何，我都沒想到，那個周鷹洋的意識數據化後，居然是利用了黑騎士衛星連接著人類的網路。

我靠！這次麻煩大了！

什麼是黑騎士衛星，這個解釋起來挺複雜的。

地球周圍如今環繞著三千多顆人造衛星，如果將衛星碎片和已損壞的衛星也考慮在內，實際數字遠不止這些。自從前蘇聯於一九五七年發射第一顆人造衛星之後，世界各國都開始發射各種用途的人造衛星。然而，這些衛星都比不上這顆叫做黑騎士的神秘衛星。

整件事要從一八九九年說起。

那年，尼古拉·特斯拉這位傑出的塞爾維亞發明家。他攔截到了一段不似地球上天然產生的信號，他認為他接收到了外太空的信息，這些信號有可能來自火星居民。不過根據現代科學家的判斷，他接收到的，其實就是黑騎士衛星發射出的信號。

時間到了一九六一年，在法國巴黎天文台工作的雅克·瓦萊發現到一個軌道和地球衛星相反的地球衛星，於是命名為「黑騎士」。

隨後，一九八一年蘇聯的一個天文台證實了它的存在。黑騎士衛星的體積很小，沿著極大的橢圓軌道運行，十分耀眼，像是個金屬球體。

一九八三年一月至十一月，美國發射的一顆觀測衛星在掃描北部天空時，在獵戶座方向兩次掃描到這顆衛星，時隔六個月後，證明了它有穩定的運行軌道。

一九八八年十二月，蘇聯科學家透過地面衛星站發現一顆神秘的巨大衛星出現在地球上空。美蘇起初都以為該衛星是對方發射的，後來證實都不是。

那天，據說險些引起兩個超級大國核彈互射的東西，就是黑騎士衛星。這顆衛星的運行軌道通常圍繞南北極運行，有時候也會在赤道運行。

可是就人類的科技來說，直到一九五七年，蘇聯才發射第一顆名叫伴侶二號的人造衛星。那顆衛星，只能在赤道運行。

但是遠在二十世紀的二〇年代，世界各地的業餘無線電家就常常偵測到異常信號。這些信號似乎來自地球，但它們遇到的情況都很奇怪！一段信號接收到之後，幾秒鐘之後會出現第二段重複的信號。

這些長時間延遲的回聲很難用被大氣層反射的無線電信號來解釋。於是基於這個謎，一九七三年，一個蘇格蘭人詳細研究了這些信號。他透過測繪延遲時間和信號順序，創造出了星圖和圖表之類的東西。解密之後，蘇格蘭人認為信號實際上來自梗河一，牧夫座的一顆恆星。它已經潛伏在月球旁一萬三千年了。可隨後證明，他錯了。

二十世紀的五〇年代早期，有一篇刊登在知名科學雜誌的文章認為，當時美國和前蘇聯都懷疑天空中那顆古怪的衛星是對方發射的，但當時這兩個超級大國都不具備發射衛星的能力。

直到幾年後的一九六〇年，美國報紙在那年報導極地軌道上有一個奇怪的物體時，黑騎士才開始逐漸有名起來。

那時的兩個超級大國在赤道上都有衛星，但極地衛星意味著該衛星能看到地球上的每個地方，兩個國家都不承認該衛星屬於他們。這似乎很奇怪，但當時是敏感時期，四處都有間諜活動。

所以黑騎士衛星的傳說，更加撲朔迷離了。

時間再次來到一九九八年，奮進號太空梭的工作人員在近地軌道上拍攝到了一個不尋常的物體。這些照片常常被作為黑騎士衛星存在的證據。

隨著人類對黑騎士衛星調查的加深，科學界曾經還測算出，這顆衛星有可能確實來自於一萬三千年前的牧夫座。

甚至說，它在軌道上，已經運行了一萬多年。比現代人類的歷史，還長遠得多。

宇宙是一個浩瀚無垠的地方，天文學家們正努力地尋找其他生物存在的證據。不論如何，黑騎士衛星說不定就是外星人存在的證據。

畢竟這顆衛星的來源和目的至今無法考證，NASA 甚至聲稱，多年來黑騎士衛星一直在向地球發射信號，就連國際太空站都時常檢測到這種信號。

它的存在一直都是未解之謎，從發現它開始，人類直到六十年後才掌握了將人造衛星發射到太空的技術，於是，該怎樣解釋黑騎士這個在我們家門口的外來闖入者的存在呢？

鬼知道！

我才是真的見鬼了！無論如何想，想破了腦袋，我也不可能猜到周城發生的一系列怪異事件，最終會和這顆不屬於人類的神秘衛星扯上了聯繫。

自己一時間險些將腦袋扯禿了！

周鷹洋，究竟是透過什麼辦法和黑騎士衛星牽扯上關係的？難怪他能將自己的意識數據化，難怪他在網路中的力量超越了人類的知識。黑騎士衛星這玩意兒根本就不屬於人類的產物，本身就是超越常識的存在。

那麼陰陽人能透過網路造成對現實人類的傷害，反而可以解釋得通了。

「哥哥，主人的意識已經中斷了。我再也無法聯繫上她。」擁有初級人工智慧的App說話，打斷了我的疑惑，「她最後一個命令是，要我過濾最近幾年黑騎士衛星身上發生的奇怪新聞。」

「我找到了一個。」

APP彈出了一個新聞視窗。我低頭一看，大為驚訝。老新聞了，說的是三年前挪威有天文學家預測到圍繞著地球的衛星碎片因為某種原因撞在了一起。而撞擊的範圍，波及到了黑騎士衛星所在的空域。

那位挪威天文學家聲稱，如果黑騎士衛星真的遭到了撞擊。恐怕會有碎片從本體飛出來，最後因地球引力的緣故，落入大氣層中。

「那個，那個人工智能。」我不知道該怎麼稱呼妞妞創造的智能App程式，「你能夠用三年前的數據推算出，如果黑騎士衛星真的有碎片剝落。最終會掉在哪裡嗎？」

智能程式人性化的點頭，「小意思。」

螢幕上開始出現無數的計算公式，只見代表黑騎士衛星的本體上，一個小點脫離。

開始圍繞地球公轉。轉了兩年多之後，逐漸朝著大氣層跌落。

時間不停地翻轉，快速跳躍。直到兩個月前，碎片經歷了三十四個月的漫長旅程，終於落入了地球大氣層內。

一根紅色的箭頭一直推導著碎片的落地位置。

我一眨不眨的瞪大眼睛使勁兒看著，碎片被標成紅色，下方就是區域地圖。最後，竟然落到了周城的郊外。

「這個地方！我似乎有些熟悉！」自己連忙在手機裡翻起昨天收集的「十年老店」的資料。該死！兩個月前，就是黑騎士衛星碎片落入周城郊外的那一天，十年老店辦了場員工郊遊。

如果沒意外的話，碎片絕對是被周鷹洋撿到了。

那塊屬於人類未解之謎之一的黑騎士衛星剝離的碎片，或許真的有超越人類科技的力量，令患有腦癌不久於人世，絕望的周鷹洋剝離意識進入網際網路，侵入別人的身體成為了可能！

可哪怕知道了這一點，我又該如何阻止他，繼續入侵妞妞的大腦呢？

「游雨靈，妞妞的情況怎麼樣？」我呼叫著路癡女道士。

游雨靈的聲音很急迫，「非常糟糕，妞妞她，她，或許撐不了多久了！1006室內，彷彿有許多能量在匯集！」

能量？

我呆了呆。對了！是能量！根據能量守恆定律，周鷹洋要入侵妞妞的大腦，肯定需要能量的。可能量從哪裡來？

妞妞的設備切斷了希捷大廈的電源供應，至今都沒有恢復。妞妞在希捷大廈中佈置的數據量子纏結結界，雖然在黑騎士衛星的涉入下，出現了漏洞。可能夠跑出去的，也不過只有數據而已。

能量呢？周鷹洋需要的能量，是從哪裡跑過去的？

「游雨靈，妳能不能在屋子裡找找，看有沒有奇怪的黑漆漆的金屬碎片？」我吩咐道。

如果背後真的是周鷹洋利用黑騎士衛星的碎片在作祟，那麼說不定那塊碎片，還留在 1006 室內。

1006 室作為十年老店的員工宿舍，由於員工都搬走了，只剩下一些鋼架床和雜物，所以並不難找。女道士很快就回了話：「我找不到任何怪東西。」

我眉頭大皺，「不可能啊，難道那塊碎片不在 1006 室？如果不在，周鷹洋那傢伙幹嘛非得把人弄到那個房間去？不對，那個房間，對周鷹洋而言，肯定有特殊的地位。」

空蕩蕩的大街上，突然響起了刺耳的鳴笛聲。

一輛輛紅色的消防車閃著警笛呼嘯而過，聲音急促而難聽，彷彿預示著這個城市發生了大事。

「那個人工智能，周城發生了什麼事？」我眉頭緊皺，看著不停飛馳過去的消防車。這些消防車，每輛時速都接近一百公里。

妞妞做的App轉動起來，收集著網路中點點滴滴的資料。很快，就有了答案，「四十大盜公司總部，突然出現了大量電力流失的情況。無數電力湧入了主伺服器，整個公司亂成了一團。」

「四十大盜的總部出了這麼大的問題？又是電力流失。」我揉了揉太陽穴，冷哼了一聲：「那個周鷹洋，似乎在佈很大的一個局嘛。」

「哥哥你看。」App又彈出了一個地圖視窗。只見那張地圖中，整個四十大盜的公司總部都變成了深紅色。紅色箭頭代表著電能的流動方向，周城以及周邊數千公里範圍內，電力都遭到劫持，電力系統部門束手無策，根本無法切斷電力供應。

大量的電如潮水般湧入四十大盜的公司伺服器。沒人能夠阻止！

四十大盜是在那斯達克上市的中國巨無霸網路公司，在這個網購平台裡，能夠提供分散在世界各地幾十億個小商家服務。可想而知它總部的伺服器網路架構，究竟有多強悍。

我一眨不眨的看著圖標。

智能App從那發紅發紫的紅色區域內，勾勒出了一條極為細緻的線，從四十大盜的總部流向妞妞暈倒的希捷大廈1006室。

我渾身一震。該死，這個叫做周鷹洋的年輕人，我終於知道他將黑騎士衛星的碎片放在哪裡了。絕對是放在四十大盜總部的伺服器。

他要幹什麼？

起初我本以為他是想要入侵妞妞的大腦，讓自己繼續存活。看來，自己猜測到的只有一小部分而已。他根本就是兩線作戰。分出極小的一部分電能，用無線傳輸的方式，傳入希捷大廈1006室中，搶奪妞妞身體和大腦的控制權。

而其他更多的電能……這混蛋顯然想要藉著「四十大盜」強悍的伺服器控制全世界的網路。二十一世紀，是網際網路的時代。控制了網際網路，就能從金融、政治和能源、物資供應上，綁架全世界。

絕症少年的逆襲，真是他奶奶的厲害。人類這種生物，對活下去的旺盛渴望，對權力的追求，絕對是妖孽級別的。沒有任何生物能夠相提並論。

現在的事件，超出了我能解決的範疇。人類的危機，並不是一個小小的我能夠解除的。生平第一次，我感覺到自己的渺小。

妞妞的生命，還剩下不到二十分鐘了。

我想了想之後，打了通電話給楊俊飛。

不知道這個老男人用了什麼辦法說服了政府。政府的效率極快，在這場即將開始的人類浩劫面前。人類這種生物，展現出了最難得的正面能量。

沒有推諉，沒有調查研究，沒有大量的開會。

十分鐘後，一顆飛彈擊中了周城十公里外的一座小山坡。那裡有攔截著整個周城電力系統的硬體以及線路……

尾聲

這場世界級的危機，被一顆飛彈解決了。這種腦袋有洞的解決方式，恐怕只有楊俊飛這個腦袋有洞的傢伙才想得出來。

世上很少有人知道，他們在一夜之間，被拯救了一次。

我們在四十大盜的公司總部，果然發現了疑似黑騎士衛星的碎片。那顆碎片在老男人楊俊飛和政府的較量之間，究竟落入誰手，鬼知道。

世間有太多難以理解的事情，誰知道一顆神秘衛星的碎片，會造成一次世界級的危險。

小蘿莉妞妞也得救了。她從醫院出來後，自然被我按在膝蓋上，用力的打屁股。誰叫這傢伙擅自在我的手機中裝了具有初級智能的程式呢。

女道士游雨靈經過了這件事後，決心找一所大學學學物理知識，免得落後於時代。

而我，則在報紙上，看到了這樣的新聞：

據國外媒體報導，目前科學家最新一項研究認為，未來兩百年富有人群將成為類似上帝的半機械人，這將是自從生命出現以來生物學領域最大的「進化事件」。

該觀點是以色列希伯來大學尤瓦爾．諾亞．哈拉里教授提出的，他認為，人類徹底的進化演變將出現在未來兩百年。透過生物科技和遺傳工程學技術，富有人群將改變成為一種新人類，他們是長壽不老的半機械人，完全能夠控制自己的生與死。

未來尤其是身價不菲的富翁會無法抵抗「升級自我」的誘惑。

哈拉里說：「即使人類不斷地獲得快樂和成就，他們仍不會感到滿足，我認為未來兩百年人類會採用生物操縱或者基因工程技術，將自己打造成長生不老之軀，身體一半是有機組織，另一半是機械化結構。」

這將是自從地球生命出現以來最大的生物進化事件，但這與現今人類和大猩猩之間的差別完全不同。未來科學技術能夠將人類打造成為半機械人，但需要巨額資金，從某種意義上講，是富有人群特有的專權。

哈拉里說：「未來幾百年人類將變得更加強大，不再需要宗教信仰作為精神寄託。全球最令人感興趣的地方將不再是充滿宗教色彩的中東地區，而是矽谷。」

未來人類將逐漸形成「技術宗教」，他們認為死亡僅是一個技術問題。那時人類將不再需要上帝，透過一些技術能使自己變得非常強大，實現長生不老。

網路科技正在改造著人類的一切，假如它再一次的失控。無論是人為的，還是非人為的，總之都會變成一場可怕的災難。

恐怕那時候，再也沒有人能夠倖免。

因為利用黑騎士衛星碎片的周鷹洋，始終是人，他想活，想要權力。這都是欲望。欲望，終究會讓人類自我毀滅。

周城的電源切斷後，失去了能量供應的他，已經死在網路中了。

可是，事情真的就如此簡單的結束了嗎？

在收拾打包行李，準備離開周城的前一刻。活蹦亂跳的妞妞檢查著自己製造的人工智能程式，突然，她愣了愣，「哥哥，三年前從黑騎士衛星上掉落的碎片。似乎，不止一個……」

「不止一個？」我猛地轉過腦袋。

妞妞緊張的吞下了一口唾沫：「好像……有兩個！」

就在這時，我、妞妞、游雨靈三人的手機螢幕，同時亮了起來。

一行字浮現在螢幕上：

您好，夜不語先生。我是陰陽人！

現在，我們來秒殺吧！

這句話落地，不知從哪冒出了三股屁臭味。

該死！我額頭上的冷汗大滴大滴的往下落，拽住游雨靈和妞妞的手，就往酒店房間外跑去。陰陽人，根本就不是周鷹洋。他只是其中一個棋子罷了！

可是，已經晚了！

三支手機螢幕上，同時彈出了秒殺的網頁。

倒數計時三分鐘……

被秒殺的物件，赫然就是我們三人的——腦袋！

To be continued

後記

——這是最好的時代，也是最壞的時代；這是智慧的時代，也是愚蠢的時代。

這是狄更斯在《雙城記》中，寫下的第一句話。

不錯，這也是我在十多年前，在電腦上，用印表機印下來的，第一句話。這句話，我至今記得。

因為這句話，開始了我的寫作生涯。

在剛剛落筆打下一個「的」字時，驚然發現，自己的《夜不語詭秘檔案》，已經寫了整整四百萬字了。再轉頭一想，自己從事寫作這一行，也已經足足過了十四個年頭。

這十多年，對作家、對寫手而言。的確是最好的時代，也是最壞的時代。

是不是最近三十多歲的人都喜歡回顧一下往事，擁抱一下情懷。總之，今天突然有些想寫寫，自己的十四年。

寫作的這十多年來，我身旁的作家們有的消失了、有的轉行了，也有的如我一般堅持了下來。但凡堅持下來的人，總歸是有所收穫的。畢竟人生，並沒有太多的十年。

去年自己的寫作生涯，遭遇過一次眾所周知的波折，哪怕如此，我也堅持了過來。《夜不語詭秘檔案》系列，從二〇〇一年寫出第一個字開始。寫了十四年。至今，這本書無論出版社的更迭，仍舊還在頑強的連載中。

但當時對華文小說，甚至網路小說而言，二〇〇一年，是個百花齊放，卻少有機會的年代。因為當時的網路出版以及網文閱讀，並不成熟。

能夠憑藉著愛好，苦苦堅持下來的人，並不多，但是卻精品迭出。

我是那不多的堅持者之一。寫了三年，自己的書終於出版了繁體版。剛開始的銷量，並不理想。直到如今我還記得那個數字，兩個月，九百冊。

堅持，是我這個人最大的韌性。我一邊工作，一邊寫書。於是又這麼的過了兩年。

二〇〇六年，時代開始斗轉星移。從那一年開始，網文作家、華文作家、繁體版、簡體版、電子版，都迎來了最好的時代。我的書，銷量也開始逐漸倍翻。

那一年，我記得自己繁體版單本的銷量，達到了三千冊。

〇六年之後的文學界，開始迅速發展，寫文的人逐漸增多。正統文學和網路文學的層層壁壘也被擊破，界限越來越模糊。

就這麼，我的寫作生活，來到了二〇〇八年。那年猶記得，網路閱讀越來越興盛，出現了許多大神級的人物。而網路大神們的收入，開始全面碾壓出版作家。

網路閱讀，如同橡樹主幹上一根繁茂的枝椏，吸取著大量的養分。而前仆後繼的讀者也開始華麗的轉生為作者，文學的壁壘，再一次變更了。

作為出書作家的我，那一年的繁體單本銷量，達到了八千冊。

時代並不會因任何人的怠慢而停下腳步，車輪不停滾動。在這個每個人都可以成為作家，將自己的小說和思想用鍵盤刻出來，釘在網路小說網站的年代中，每個人都是瘋狂的，每個人都覺得自己會成神。

不錯，每一個人，都有成神的機會。至今，我都這麼覺得。

因為我身旁堅持下來的朋友，都成了神。

時間，一點一滴的過去。我寫了十四年，收穫良多。去年的我，小說總銷量達到了四百五十萬冊。《夜不語詭秘檔案》系列和《鬼骨拼圖》系列的簡體電子版，也賣出了比實體書收益更好的價格。和別人比，大神算不上，但畢竟還是小有成就了。

我終於能實現自己的夢想，捨去工作，靠自己的文字賺錢養家。

從寫出第一個字，到寫完四百萬字。

從第一本書只賣出了幾百冊，到總銷四百多萬冊。

我，一共走過了十四年。

總是感覺很唏噓。今天懷裡抱著女兒餃子，看著窗外的年輕人們，才覺得自己，似乎真的步入了三十歲這個階段。去親戚朋友家，也會被他們家的死小孩稱為大叔。

寫作是一條獨木橋，成功的秘訣並不多。唯有持之以恆。多寫、多讀、多想。同時堅持，本就是一件痛苦的事。

一路走來，走了十多年。回頭一看，自己已然成為網路出版以及網路華文閱讀的活化石，見證了一系列的興衰。

就如我開頭引用狄更斯的那段話。

——這是最好的時代！

可，什麼叫最好？

誰知道呢？

鬼知道！

謹以此記，紀念自己寫完《夜不語詭秘檔案》第四百萬字。

夜不語

夜不語作品 06

夜不語詭秘檔案 704：恐怖 ID

國家圖書館出版品預行編目資料

夜不語詭秘檔案704：恐怖ID ／ 夜不語 著.
一 初版. 一 臺北市：春天出版國際, 2015. 12
面； 公分. 一（夜不語作品；06）
ISBN 978-986-5706-95-1（平裝）
857.7 104020127

版權所有．翻印必究
本書如有缺頁破損，敬請寄回更換，謝謝。
ISBN 978-986-5706-95-1
Printed in Taiwan

作者 夜不語
封面繪圖 Kanariya
總編輯 莊宜勳
主編 鍾靈
美術設計 三石設計

出版者 春天出版國際文化有限公司
地址 台北市信義區信義路四段458號3樓
電話 02-7718-0898
傳真 02-7718-2388
E-mail story@bookspring.com.tw
網址 http://www.bookspring.com.tw
部落格 http://blog.pixnet.net/bookspring
郵政帳號 19705538
戶名 春天出版國際文化有限公司
法律顧問 蕭顯忠律師事務所
出版日期 二〇一五年十二月初版
定價 170元

總經銷 楨德圖書事業有限公司
地址 新北市新店區寶興路45巷6弄6號5樓
電話 02-8919-3186
傳真 02-8914-5524